S

S

펴낸날 초판1쇄 2015년 7월 1일

지은이 강원구

펴낸이 김은주
책임편집 임주하, 정난희, 고현진
마케팅 이삼영
디자인 이주원

인쇄 (주)재원프린팅

펴낸 곳 별글(http://blog.naver.com/starrybook)
등록번호 128-94-22091(2014년 1월 9일)
주소 경기도 고양시 덕양구 오금로7 신원마을 3단지 305동 1404호
전화 070-7655-5949 | 팩스 070-7614-3657

ISBN 979-11-952143-5-8 03810

이 도서의 국립중앙도서관 출판예정도서목록(CIP)은 서지정보유통지원시스템 홈페이지(http://seoji.nl.go.kr)와
국가자료공동목록시스템(http://www.nl.go.kr/kolisnet)에서 이용하실 수 있습니다. (CIP제어번호 : CIP2015006922)

별글은 독자 여러분의 책에 대한 아이디어와 원고 투고를 기다리고 있습니다.
책 출간을 원하시는 분은 이메일(starrybook@naver.com)로 간단한 개요와 취지, 연락처 등을 보내주세요.

essay
S

강원구 지음

별글
별처럼 빛나는글

겸손하게, 착하게, 따뜻하게… 뭐 그런 마음으로 글을 썼습니다.

그런데요. 막상 세상을 살면 살수록 겸손의 미덕도, 선하게 산다는 것도 때론 참 부질없이 다가오더군요. 펼치는 책마다 힘내라고 말하고, 아픈 청춘이 당연하다는 듯 쓰여 있기도 했습니다. 책에서 위로 받기보단 더 깊은 한숨을 자아내게 한 건 아닌지.

솔직하게 써보자, 내 색깔대로 써보자, 더 나은 내일을 운운하기에 앞서 오늘을 그리고 현재를 덤덤히 써보자는 생각이 들었습니다. 그렇게 이번 책에는 사람, 사랑, 삶, 식구, 시간에 관한 생각과 경험을 글로 옮겼습니다. 책 제목 S가 무슨 의미일까 했던 분들은 이쯤에서 눈치 채셨을 거라 생각합니다. S는 책 속 내용을 상징적으로 보여주기 위함이지요.

조금은 삐딱한 시선으로, 조금은 덤덤한 시선으로, 조금은 냉정하게 바라보려고 노력했습니다. 형식적으로 보면 시보다 더 짧은 글도 등장하고, 때론 긴 호흡의 글도 등장합니다. 이 책을 아포리즘, 또는 시나 에세이로 바라보아도 상관없습니다.

다만 이 책을 읽고자 하는 분들께 간단한 나침반 하나를 제시해드리고자 합니다. 타고난 길치인 제가 여러분께 방향을 운운하는 게 어설픈 일인지도 모르겠습니다만 길 찾기와 달리 단어와 단어, 문장과 문장, 책 전체 흐름의 길을 찾는 데는 도움이 될 거라 믿습니다.

하나, 글이 놓인 대로 따라 읽지 마세요. 글을 이끌어 읽어주기를 바랍니다. 글 속에 자신을 넣어 읽으면 더 쉽게 가능할지도 모릅니다.

둘, 점잖게 보지 말아주세요. 속상하면 속상한 대로 눈물 나면 눈물 나는 대로 마음의 빗장을 열고 읽어주기를 바랍니다.

셋, 혹시라도 글을 읽다 떠오르는 이 있다면 그 즉시 책을 덮고 손 편지를 써 주세요.

마지막으로 자신의 주변 1미터 안의 삶과 사람을 떠올리며 읽어 주신다면 더 바랄 나위가 없을 듯 합니다.

그 어떤 목적이나 결론을 갖고 쓰지 않으려고 노력했습니다. 그저 주어진 현상 속에서 같은 글일지라도 서로 다른 시선으로 바라보면 충분할 듯 합니다. 세상이 서걱거릴수록 마냥 웃는 얼굴의 밝은 누군가보다 까칠한 누군가가 되레 더 그리운 요즘입니다.

무엇이 문제이고, 무엇이 지랄 맞은지 딱 꼬집어 말해주는….

그럼에도 끝내는 작은 희망 하나 부여잡게 해주는 그런 마음으로 글을 썼고, 시간이 흐를수록 언제부턴가 글이 나를 이끌어가고 있었습니다.

이제 당신을 만나러 갑니다.

2015년 6월
강원구

서문

3. 그렇게 아버지가 된다

4. 어차피 인생은 아무도 모르는 거

5. 언제고 봄은 또 올 테고

쉬워 보이는데 어렵다

#. 3%

짜디짠 바다의 소금 농도는 3%.
헤어진 남녀가 다시 만날 확률 82%.
그중 끝까지 성공하는 경우는 3%.
케이블 TV 시청률이 3% 넘으면 초대박.
주식시장에서 우량주가 3% 오르면 급등이란다.

3% 은행 예금이 사라졌다고 뉴스에선 호들갑.
금연 성공률이 혼자 하면 고작 3%란다.

때로는 굉장히 큰 숫자로,
때로는 부질없는 숫자로,
다가오는 3%.

내 인생의 3%를 바꾸면 어떻게 될까.
일단 3%부터 시작해보는 거다.

#. 36.9℃

사람의 정상체온은 36.9℃. 어린아이일수록 더 높고 노인일수록 더 낮지만 남녀의 차이도, 동서양인의 차이도 거의 없다. 밤낮으로 약간의 차이야 있겠지만 세상 모든 사람들은 36.9℃다.
하지만 저마다 다른 온기를 지니고 있다. 따뜻한 사람이 있고 차가운 사람이 있으며 그 온도를 알 수 없는 사람도 있다. 또한 살아온 환경과 지금 처해 있는 상황에 따라 사람의 온기는 달라 보일 수 있다.

어쩌다 가끔 따뜻한 사람을 마주할 때가 있다. 그럴 때면 물 흐르듯 자연스럽게 알게 된다. 아, 따뜻함의 뿌리는 저것이구나! 스스로에게 따스한 사람만이, 그 온기를 타인에게도 전할 수 있구나.

나는 어떤 온기를 지녔을까?
적어도 36.9℃보다 낮지는 않았으면 좋겠다.

#. 1인칭과 2인칭

중학교 1학년 영어 시간, 새로운 언어에 대한 두려움과 호기심 가득했던 시절.
신선한 충격을 받았다. 그냥 나는 나인 줄 알았고, 너는 너인 줄로만 알았는데….
그게 1인칭이고 2인칭이란다.

세월이 흘러 더 깊은 뜻을 알게 되었다.
둘은 반드시 함께 알아가야 한다는 사실.
1인칭만 알면 세상은 밴댕이가 되고,
2인칭만 알면 세상은 껍데기가 된다.

1인칭과 2인칭이 조화로운 세상,
우리가 꿈꾸는 어여쁜 세상 아닐까?

서로가 서로에게
2인칭이자 1인칭이 되는 세상,
생각만 해도 벅차다.

#. 25개월

동네에 어린 친구가 하나 있다.
무지 시크하고 여간해선 웃지 않는 녀석.
그럼에도 녀석은 첫 만남에서 마음의 빗장을 풀어주었다.
두 번째 만남, 반갑게 인사를 건네니 여전히 시크하다.
하지만 손을 내밀자 기꺼이 다가와 품에 안겨준다.
뽀뽀도 해주고 대답도 해주고 웃어도 준다.

기억하고 있었다. 25개월 된 녀석이…
이제 세상을 겨우 두 해를 살아낸 녀석이…
고작 눈 맞춰주고 과자 사준 게 전부인데도
25개월 아기도 고마운 것과 반가운 것,
그리고 기억해야 할 것들을 안다.

어른들만 모르는 이 세상.

그러면서 요즘 애들 큰일이란다.
제 아이를 보며 한숨 쉰다.

#. 3할

프로야구에서 3할 이상 치는 타자는 흔치 않다.
10번 중 7번 실패하고 3번 성공하면,
3할 타자라 불리며 스타로 거듭난다.

그런데 왜 인생은 자꾸 9할 이상을 꿈꿀까?
3할이면, 야구에서도 인생에서도 이미 프로다.

10번 중 3번만 성공해도 훌륭하다.

#. I'm Sorry

"I'm Sorry."
이 세상에서 나를 가장 약하게 만드는 말이다.
이 말을 잘 사용하는 사람들이 가장 무섭기도 하다.

"내가 왜 미안해? 당연한 거 아냐?"
이 세상에서 나를 가장 강하게 만드는 말이다.
이 말을 잘 사용하는 사람들이 가장 우스워 보이기도 한다.

미안해요, 이 한마디 제대로 쓸 줄 안다면
좋은 사람이 되어가는 게 아닌가 싶다.

"I'm Sorry."

1 _ 쉬 워 보 이 는 데   어 렵 다

#. Sign

서울에서 부산을 향하는 길을 알려주는 표지판은 의외로 쉽다.
그 길만 따라가면 그뿐이고 잘못 들어섰다면 돌아가면 그뿐이다.

하지만 머리에서 가슴으로 가는 표지판은 늘 어렵다.
더구나 사람과 사람 사이에 놓인 사인들은 알 길이 없다.

왜 마음의 네비게이션은 없는 걸까?

#. U턴

길을 걷던 한 여자가 갑자기 멈춰 선다. 아주 잠시 망설이다 이내 뒤돌아 달려간다. 그 모습이 흥미로워 가만히 지켜보니 무언가 떨어뜨린 모양이다. 다시 물건을 찾아 들고 안도의 한숨을 내쉬며 가던 길을 걸어간다. 잃어버렸다면, 잘못된 길이라면 그녀처럼 U턴하면 된다.
하지만 사람들은 잘못된 길로 들어서고도 멈추는 법이 없다. 꾸역꾸역 앞으로 나아간다. 이는 U턴과 포기를 구분하지 못해서이다. 포기는 단순히 멈추는 것이지만 U턴은 잘못된 것을 다시 정정하는 과정이다.

돌아갈 줄 아는 삶이 더 풍요롭다.

1 _ 쉬워 보이는데 어렵다

#. 가식

'나를 돌아보았다.'

요즘 이 말이 무척 가식적으로 들린다.

#. 거리

거리1: 두 개의 물건이나 장소 따위가 공간적으로 떨어진 길이.

프랑스 파리는 멀지만 멀게 느껴지지 않는다. 비행기로만 꼬박 열 시간 이상을 가야 하고, 거리로 따지면 9,400킬로미터에 달하는데도 말이다. 940킬로미터도 아니고 94킬로미터도 아닌 거리는 멀게 느껴질 때가 있다. 집에서 홍대, 선릉에서 일산까지가 참 멀다.
왜 그럴까? 결국 물리적 거리가 마음의 거리를 앞서지 못하는 모양이다. 아무리 멀어도 가깝게 느껴지는 곳엔 내가 꼭 봐야 할 사람과 풍경이 있고, 그곳에 가야 하는 이유가 선명하다. 그렇지 않을 때는 9.4킬로미터도 멀다.

거리2: 사람과 사람 사이에 느끼는 간격. 보통 서로 마음을 트고 지낼수 없다고 느끼는 감정.

회사에서 직장 상사와는 가장 가까운 거리임에도 무척 멀었다. 심지어 옆자리에 나란히 앉아 술을 한잔할 때도 마음은 태평양을 건너는 것처럼 멀게 느껴졌다.
미국에 있는 동생과의 거리는 도무지 물리적으로 계산되질 않는다. 거리라는 표현조차 어색하다.
결국 거리는 눈에 보이지 않는 것으로 결정되는 모양이다.

#. 기대

기대가 없다면 실망도 없는 거라고 사람들은 말한다. 사람이 사람에게 기대한다는 건 어쩌면 당연한 본능인데도 말이다. 게다가 대부분의 기대는 기대로 그칠 뿐 현실로 이어지는 경우는 드물다. 왜 그런 걸까? 기대란 놈은 참 고약하다. 내가 기대할 땐 내가 작아 보이고, 그가 기대할 땐 그가 작아 보인다. 슬프지만 손익 계산이 맞지 않는다.

"사람한텐 기대하는 거 아냐."

후배가 나에게 웃으며 농을 건넸다. 기대하는 만큼 고스란히 상처로 돌아오니 그러지 말라는 의미였겠지만 씁쓸했다. 상처받고 속상해도 기대하며 살고 싶다. 그런 작은 기대조차 없다면 우리가 살아가는 세상은 도대체 뭐란 말인가. 마음 한구석이 흔들리는 건 사실이지만 그리 믿고 산다, 기대는 애정이라고.

#. 기억상실증

드라마를 보면 기억상실증이 자주 등장한다. 주변에선 한 번도 본 적
없건만 드라마에선 감기 환자보다 더 자주 나온다. '기억상실증'은 그
말 자체로도 참 가슴 아픈 단어인데, 막장 드라마를 상징하는 것처럼
보이니 사뭇 안타깝다.
문득 기억에 대해 생각한다. 우리는 얼마나 기억할 수 있을까. 기억상
실증이 아니어도 모든 걸 기억할 수는 없기에. 기억하려 노력했던 것
들, 의지와 무관하게 기억되는 것들 일부만을 떠올릴 수 있을 것이다.

누군가 나에게 베푼 선의, 도움, 감사해야 할 기억들은 애써 노력하지
않으면 좀처럼 떠오르지 않는다. 내가 누군가에게 잘해준 것들, 선물
했던 것들은 어쩌면 이리도 선명하게 잘 생각날까. 그러니 늘 백을 준
것 같고 일도 받지 못한 것 같은 착각에 빠지고 만다.
드라마 속 주인공만 기억상실증이 아닌 게다. 가만 보면 세상의 많은
사람들이 기억상실증에 걸려 있다. 아니 드라마보다 더 고약한 기억상
실증인 셈이다.

잘 기억한다는 것, 어쩌면 사람답게 사는 것의 첫걸음일지도 모른다.

#. 김광석

일정 부분 포기하고 일정 부분 인정하면서 지내다 보면 나이에 ㄴ자
가 붙습니다.

서른이지요.
뭐 그때쯤 되면 스스로의 한계도 인정해야 되고 주변에 일어나는 일
들도 뭐 그렇게 재미있거나 신기하거나 그렇지도 못합니다. 뭐 그런
답답함이나 재미없음이나 그런 것들이 그 즈음에 그 나이 즈음에 저
뿐만이 아니라 또 후배뿐만이 아니라 다들 친구들도 그렇고 비슷한
느낌들을 가지고 있더군요.

-김광석의 말 중에서

스무 살을 넘어서던 시절, 김광석의 공연을 보는 건 나에게는 또 다른
삶의 이유였다. 그의 노래에도 흠뻑 젖어 들었고 그가 나지막이 들려
주는 이야기도 좋았다. 20대 때 들으면서 가슴속 한 귀퉁이에 담아두
었던 말들이 어느덧 김광석보다 더 나이가 많아진 지금, 10대도 20대
도 서른 즈음도 아닌 나에게 왜 이토록 아프게 다가올까?

#. 김장훈

1997년 어느 날, 시청 근처에 자리한 마당 세실 극장을 향했다. 그때만 해도 무명이던 김장훈의 공연을 보기 위해서였다. 아직도 당시 김장훈의 첫마디를 기억하고 있다.

"여기 계신 분들과 우리 밴드가 줄다리기를 하면 우리가 이기겠군요."

이듬해부터 그의 인기는 수직 상승했다. 객석은 가득 차 매진되었고 기부도 하고 버스도 만들었다. 그렇게 그는 '기부천사'가 되기 시작했다. 정부도 하지 못했던 독도 관련 캠페인도 열심히 하고 미국 〈뉴욕타임즈〉에 광고를 싣는 데도 일조했다.
멋지다! 이 말은 김장훈을 위해 생긴 말임에 틀림없다.
1996년 발표된 그의 노래 '변혁'이 흐른다.
이렇게 세상이 미쳐갈 것을 마치 알기라도 한 것처럼 노랫말이 흐른다.

#. 나비효과

Hello Mr. Kang Won Goo!

Guess what!

Thank you for being brave and asking me a question in English
in front of your classmates.

I'm sure you remember what you asked me.

So here is my answer and your reward!

Please continue to have the courage to speak English whenever
you have the chance.

You'll improve with the practice.

So enjoy your summer vacation!

May some of your dreams come true this year!

Thank you! Take care.

From a Canadian friend Helen Wing.

고등학교 2학년, 태어나 처음으로 받은 외국에서 날아온 엽서. 시골
고등학교에 교환 선생님으로 아주 잠시 머물다 가셨고, 수업도 한두
번 들어오셨던 분이다. 그녀가 수업 자료로 들고 온 캐나다 북극 마을
의 이글루 사진이 너무나 멋져서 혹시 나에게 줄 수 있냐고 어렵게 용
기를 내어 말했던 기억이 난다. 그녀는 그 엽서에 직접 편지를 써서 내
게 선물로 보내주었다. 벌써 30년 가까운 세월이 지났지만 난 이 엽서

를 아주 귀한 보물처럼 잘 간직하고 있다. 2009년 엽서를 다시 꺼내어 읽다가 마음이 움직여 캐나다 여행을 떠나게 되었다. 이후에도 캐나다의 구석구석을 몇 회에 걸쳐 여행하기도 했지만 선생님이 계신 곳도 내 고향처럼 시골인지라 아직 만나지는 못했다.

한 선생님이 이런 말씀을 한 적이 있다. 대학을 위해서라면 수학을 열심히 하고, 인생을 위해서라면 영어를 열심히 하라고. 적잖은 여행을 다니면서 처음엔 간단한 생존 영어만 알아도 되었지만 갈수록 욕심이 늘었다. 현지에서 친구도 사귀고 우연히 만나는 여행자와 대화라도 나누려면 생존 영어로는 늘 부족했다. 엽서의 내용처럼 용기를 내서 기회가 있을 때마다 영어로 말하고, 연습을 더 부지런히 했더라면 좋았을 것을. 아쉬움은 있지만 중요한 건 늘 지나야 아는 법. 불혹이 넘어 다시 본 엽서 내용이 이리도 선명하게 다가오는지 야속하기만 했다.

하지만 엽서는 나비효과가 되어 여행을 더 이상 늦출 수 없음을 알게 해주었다. 사진 속 이글루를 직접 달려가 보게 해주었다. 그 시작이 캐나다였고, 캐나다의 단초가 엽서였음은 말할 나위도 없다. 더 늦기 전에 그녀를 만나러 가고 싶다.

#. 넌 감동이야

가장의 자리를 잠시 뒤로 미루고 아내에게 말했다.
"나… 나 말이야. 회사 이제 그만둘까 해. 다른 대안을 찾을 때까지 시간이 좀 걸릴지도 몰라…."
아내가 잠시의 망설임도 없이 답을 건넨다.
"응, 행복할 수 있다면 잠시 멈추자. 난 너를 믿어."

직장도 없고 특별히 하는 일 없이 뒹굴거리던 어느 날, 친구에게 전화가 온다.
"잘 지내지? 쉬어야 해. 그동안 너무 열심히 산 거야. 다만 쉬는 동안 마음 건강을 소홀히 하지 말고… 조만간 얼굴 보자."

소주 한잔하다 녀석이 한마디 툭 던진다.
"형, 난 형이 좋아. 그냥 좋아."

차 한 잔 나누던 친구가 말한다.
"널 모르고 지냈으면 난 뭘 하고 지냈을까?"

난 늘 속으로 대답한다.

'넌 감동이야.'

#. 누구에게나 있는 것들

1. 속정
"그래도 갸가 알고 보면 참 속정이 있어."
그렇다. 누구나 속정이 있을 게다. 하지만 같이 사는 사람도 그걸 알아
차리긴 어렵다. 그러니 있어도 없는 것처럼 보이는 게 당연하다. 보여주
지 않으면 모른다. 별 의미 없는 얘기다.

2. 성깔
"저도 나름 한 성깔 있어요."
그렇다. 개도 건들면 성질내는데 사람이라고 없겠는가. 성깔이 없는 인
간은 없다. 다만 표현하고 안 하고의 차이겠지. 누구나 한 성깔 한다.
없는 게 이상한 거다.

3. 순수
"정말 순수한 면이 있어."
안 순수한 사람은 어떠냐고 늘 물어보고 싶어진다. 다 순수한 '면'은 갖
고 산다. 다만 덜 순수한 부분이 고개를 끄덕일 정도냐 아니냐의 차이
가 있을 뿐이다.

4. 가능성
"한 번만 터지면… 정말 가능성 많은데…."

가능성 없는 게 요즘 시대에 존재할까? 뭐든 가능한 세상이다. 사업도 사람도 누구나 가능성을 가지고 있다. 하지만 성공한 사업과 가능성을 폭발시키는 사람은 아주 소수에 불과하다. 가능성으로 도전하는 것처럼 무모한 것도 드물다. 가능성은 참 외면하기 어려운, 그러나 늘 사람을 유혹하는 단어다.

5. 사랑
"세상을 가만 보면 정말 사랑은 어디에나 널려 있어."
드라마나 영화 속에 등장하는 대사 같은 이야기? 아니면 진짜일까?
대통령은 문상을 가서 상주가 아닌 조문객을 위로할 정도니 사랑은 넘치고 또 넘쳐난다.

6. 시간
"시간은 누구에게나 평등하다."
과학적으론 맞는 얘기다. 하지만 실제로 보면 누군가에겐 48시간 같은 하루고 누군가에겐 10분 같은 하루이기도 하다. 잠도 자야 하고, 먹기도 해야 하고, 수다도 떨어야 하고, 그러고 남는 시간은 일해야 하니까. 시간은 누구에게나 있지만 많은 이들은 '없다'고 거짓말을 한다.

7. 욕심

"그 사람은 참 욕심이 없어."

진짜? 그런 사람이 있을까? 욕심을 드러내느냐 삭이느냐의 차이일 뿐 누구나 욕심은 있다. 게다가 긍정적인 욕심은 꼭 필요한 것이다.

8. 착각

"착각은 자유야."

맞다, 자유다. 하지만 너무 드러내놓고 하는 착각은 주변을 괴롭게 한다. 착각 없이 살 수는 없겠지만 착각은 조용히 혼자서 하는 걸로.

9. 심장

"심장이 쿵쾅거려…."

누구에게나 심장이 있다. 하지만 누군가에게는 그저 숨 쉬는 용도로 있고, 누군가에게는 열정과 꿈이 함께 뛰는 저장고로 있다.

10. 구멍

"완벽한 사람은 없어…."

그렇지. 있을 수 없다. 누구에게나 구멍은 있다. 외로움의 구멍, 허술한 구멍, 상처가 된 구멍… 그 구멍이 있기에 사람이다.

#. 누군가 나에게 물었다

누군가 나에게 물었다. 시가 뭐냐고.
나는 시인이 못됨으로 잘 모른다고 대답하였다.
무교동과 종로와 명동과 남산과
서울역 앞을 걸었다.
저물녘 남대문 시장 안에서
빈대떡을 먹을 때 생각나고 있었다.
그런 사람들이
엄청난 고생되어도
순하고 명랑하고 맘 좋고 인정이
있으므로 슬기롭게 사는 사람들이
그런 사람들이
이 세상에서 알파이고
고귀한 인류이고
영원한 광명이고
다름 아닌 시인이라고.

-시인 김종삼

고등학교 시절 이 시인과 시를 처음 만났다. 읽고 또 읽었다. 20년이 넘
는 세월 뒤에 다시 읽어보니 그때 왜 이 시를 좋아했었는지 기억이 가

물거린다.

이 짧은 시를 읽으며 나는 잠시 시인도 되어보고, 무교동과 종로와 남산과 서울역도 거닐어 보고, 빈대떡의 맛도 음미해보고, 그 길에서 만난 사람들을 떠올려보았다.

결국 시인은 그들이라는 시의 끝맺음. 한 편의 영화를 보는 것처럼 깊은 울림이 있는 엔딩이었다. 좋은 글은 이렇듯 그림이 그려지는 글이 아닐까. 그러니 김종삼 시인은 단어로 그림을 그리는 시인이었다. 어찌 그를 안 좋아할 수 있으며, 그의 시를 구석에 처박아둘 수 있겠는가. 이 세상의 알파인 당신들께도… 이 시를 바친다.

#. 단추

일이 순조롭지 못할 때,
첫 단추를 잘못 끼웠다고들 말한다.
하지만 언제나처럼 단추 스스로의 잘못이 아니라
잘못 끼운 사람의 잘못이거늘.
여전히 단추 탓을 하는 사람들…
쌀쌀한 봄바람에 옷을 여미어주는
단추는 무죄다.

#. 당신

사람들이 어떤 일을 하고 싶을 때, 제일 먼저 하는 게 뭔지 아세요? 다른 사람들한테 그 일이 얼마나 어려운지를 설명하는 거예요. 왜? 그일을 실패했을 때, 자기가 못난 사람이 안 되려고.

20대, 30대의 젊은 청년들을 만나서 얘기를 해보면 이런 얘기를 해요. "원장님 있잖아요. 요즘에 내가 하고 있는 일이요. 내 가슴을 뛰게 하지를 않아요. 그래서 이건 내 꿈이 아닌가 봐요." 그래서 내가 그랬어. "죽을 때까지 찾아봐라. 찾아지나!"

'어떻게'라는 이 세 글자를 자기 머릿속에서 과감하게 버리는 사람만이 변할 수가 있습니다. 내가 생각하는 범위 내에서 최선을 다하면 안 돼. 그걸 벗어나서 최선을 다해야 해. 집에 가서 선포를 하십쇼. 자기의 의지를 표출하십시오. 의지가 없으면 할 수가 없습니다.

성공의 반대는 뭡니까? 실패입니까? 도전하지 않는 거죠. 다 알지 않습니까? 성공의 반대는 실패가 아니라 도전하지 않는 거죠.

진짜 위기는 뭔지 아십니까? 위기인데도 불구하고 위기인 것을 모르는 것이 진짜 위기입니다. 그것보다 더 큰 위기는 뭔지 아십니까? 위기인 것을 알면서도, 아무것도 하지 않는 것이 바로 더 큰 위기입니다.

네가 그렇게 하고 싶었던 게 있었잖아. 너 어렸을 때 꿈이 있었잖아. 꿈이런 거 다 버리고 힘들어서, 하나도 못했다 이거야. 주머니에 돈만 있으면 뭐하냐, 내 통장에 돈만 있으면 뭐하냐. 내 생활은 삶이 없는데. 내가 과연 어디로 갈지 생각해보십시오. 어렸을 때 꿈은 다 없어지고 초라한 오늘 상황만 있는데 다시 하시는 거예요. 하다 보면 좀 힘든 점도 있겠지. 짜증도 좀 나겠지. 하지만 극복하셔야 합니다. 할 수 있어요. 중요한 건요. 꿈이라고 말해놓고 건드리지 않으면 계속 꿈이야. 꿈이라고 말해놓고 바로 실행하면 꿈은 뭐다? 더 이상 꿈이 아니고 현실입니다. 여러분, '꿈'자를 가슴속에 오래 두지 마십시오. 바로 현실로 전환시켜 버리세요.

2014년 최고의 동기부여 영상으로 인터넷에 화제가 되었던 영상의 내용이다. 평소 동영상을 즐겨 보진 않지만 이 영상만은 틈나는 대로 보고 또 보고 있다. 어찌 20대와 30대만의 이야기겠는가. 늘 결론은 하나다. 실천하지 않는 것들은 무의미하다. 움직일 때, 시작할 때 현실이 되고 이루어진다. 내가 꿈을 이루는 게 아니라 꿈이 나를 이끌어주는 것처럼, 마음이 몸을 움직이는 게 아니라 몸이 마음을 다잡아준다.

#. 당연히

그래야 하는 줄 알았다. 엄마는 그래야 하는 줄 알았고, 친구는 그래야 하는 줄 알았고, 아내는 그래야 하는 줄 알았다. 당연히 그래야 하는 줄 알았다. 부모가 되고 보니 그렇지 않았고, 친구나 아내의 입장에서 보니 또 그렇지 않았다. 이 세상에 무수히 많은 당연한 것들은 어느 것 하나 당연한 것들이 없었다. 당연해야 할 것들은 점점 사라지고, 당연해선 안 되는 것들은 점점 당연해지는 세상이다.
당연히, 그런 건 없다.

#. 도레미파솔라시도

모든 음들은 서로 조화를 이루며 음악을 만들어낸다.
어느 음도 필요하지 않은 건 없다.
다른 색깔, 다른 일, 다른 생김새일지라도
세상에 없어도 되는 사람은 없는 것처럼
파가 솔보다 잘나지 않은 것처럼
너도 누군가보다 못나지 않았음을…
이 세상의 알파는 바로 너다.

#. 들리는 표정

대체로 전혀 모르는 누군가와 약속을 잡기 위한 첫 통화를 할 때,
이미 그 사람의 절반 이상이 보일 때가 많다.
첫인상에 의존하는 것보다 더 경박할지도 모르지만 내겐 사실이다.
왜냐하면 목소리에도 표정이 있기 때문이다.
목소리가 좋고 나쁨의 문제가 아니라 목소리에 담아내는 표정들이 있
다. 그래서 난 목소리를 듣기 전까진 사람에 대한 판단을 유보하는 버
릇이 생겼다.

1 _ 쉬 워 보 이 는 데 어 렵 다

#. 뚜껑

선거 결과와 시험 결과는 뚜껑을 열어봐야 안다고 사람들은 말한다.

함부로 속단해서는 안 된다는 의미이리라.

어찌 됐든 선거도 시험도 뚜껑을 열고나면 결과를 알 수 있다.

이 얘길 들을 때마다 나에겐 작은 소망 하나가 떠오른다.

사람도 뚜껑이 달려 있으면 얼마나 좋을까?

시원하게 뚜껑 열고 그 속 한 번 들여다보고 싶다.

#. 띄어쓰기

"짱구씨발냄새나짱구씨발냄새나짱구씨발냄새나짱구씨발냄새나."
띄어쓰기를 제대로 하지 않으면 욕으로 들리는 문장이 되어버린다. 원래대로 쓰면 "짱구 씨 발 냄새 나."이다. 이처럼 띄어쓰기를 제대로 안하면 읽기도 어렵고 뜻을 파악하기도 힘들다. 지금까지는 1877년 영국 목사가 한글의 띄어쓰기를 처음 한 것으로 알려져 있다. 어쩌면 띄어쓰기 없는 문장은 우리보다 외국인에게 더 불편하게 다가왔는지도 모르겠다. 별것 아닌 띄어쓰기 규칙, 때론 어렵지만 때론 지키면 얼마나 편한 것인지를 보여준다. 어찌 문장과 글뿐이겠는가.

사람도 적당한 거리를 유지할 때 더 편하고 아름답다.

#. 로그인

내가 원하는 인터넷 창을 열고 그 안에서 무언가를 하려면 로그인을
해야 한다. 그저 구경꾼이라면 상관없겠지만 아니라면 아이디가 꼭 필
요하다. 우리가 사는 세상의 또 다른 이름이자 약속이다. 그리고 패스
워드를 넣는다. 정확한 패스워드만이 서로의 신분을 확인하고 소통을
허락한다.

사람과 사람이 만나는 일도, 사람과 일이 만나는 것도, 로그인이 필요
한 게 아닐까? 서로의 이름과 약속이 있어야 하고 관계를 이끌고 열어
줄 패스워드도 필요하다. 아무것도 없이 우연히 만날 수도 있지만… 결
국 서로간의 약속과 원칙이 바탕일 때, 로그인이 되고 일도 관계도 원
만해진다.

둘 중 하나만 몰라도 서로 닿지 않는다.

#. 몸

몸이 맘을 이끄는 걸까?

맘이 몸을 이끄는 걸까?

내게는 맘이 몸을 이끄는 경우가 많았다.

어딘가 급해지고, 복잡해지고, 생각이 많아지면 몸은 바로 반응한다.

여기서 흥미로운 것은 게을러질수록 몸이 더 삐걱거린다는 사실.

그러다 가만히 글자를 들여다본다.

몸의 모음 'ㅗ'는 'ㅁ'을 받치고 있었고,

맘의 모음 'ㅏ'는 'ㅁ' 밖을 향하고 있었다.

생각이 밖을 향할수록 몸은 더 철저히 받쳐줘야 함을 깨닫는다.

결국 몸과 맘은 하나로구나.

같은 에너지로 움직일 때 탈이 없는 거구나.

#. 몸살

이번엔 제법 센 놈이 찾아왔다.

하루 종일 자고 약도 먹어보지만 소용이 없다.

첫날 상대해보면 얼마나 지독한지 알 수 있다.

신기한 건 대충 녀석이 올 때를 안다는 거다.

내 몸보다 과한 움직임,

내 용량보다 과한 생각을 하면,

어김없이 찾아온다.

안으로 쌓인 육체적 피로와 정신적 피로들이

기침으로 콧물로 오한으로 변신한다.

일종의 경고인 셈이다.

조금 더 천천히 가라는 경고,

더 단단해지라는 경고,

멈춤과 휴식이 필요하다는 경고.

세상이 좋아져도 제대로 된 감기약이 없는 이유인지도 모르겠다.

유일한 감기약은 휴식과 마음의 컨트롤이리라.

그래, 쉬엄쉬엄 가자.

가야 하는 건 맞지만 급할 건 없으니….

#. 무게

"가벼운 관계는 싫어."
"그렇다고 무거운 건 더 싫어."
적절함을 유지하는 관계, 적당한 거리를 두는 관계, 깊지도 얕지도 않
은 관계.
그런 관계의 무게는 어느 정도일까?
그런 무게는 과연 존재할까?
너와 나의 관계는 몇 그램일까?

#. 뭉근하게

뭉근하다:
세지 않은 불기운이 끊이지 않고 꾸준하다.

요리할 때 쓰는 말이다.
우리말은 참으로 빼어나 이 긴 문장을 한 단어로 표현한다.
뭉근하게, 어찌 요리뿐이랴.
사람 사이 관계도, 사랑도, 우정도…
나는 뭉근한 게 좋더라.

#. 미안해

카페를 열고 일주일 중 유일하게 쉬는 월요일,

오히려 아침부터 더 분주하다.

아내와 통화를 하는데 한마디 한다.

"미안해."

"뭐가?"

"응, 점심 못 챙겨줘서…."

거참… 그렇게 살고도 이런 소리를 듣네.

그럼에도 미안함이 온전히 내 마음을 파고들어 참 따스해진다.

이렇게 오래 함께 살아도 자그마한 것들이 미안해지는데…

언젠가부터 '미안해'는 인색해진 세상이다.

도무지 미안할 줄 모르는 세상.

빌어먹을….

1 _ 쉬 워 보 이 는 데   어 렵 다

#. 반죽

얼마 전 제약회사에 다니는 친구가 흥미로운 이야기를 들려주었다. 진짜 비아그라와 중국산 가짜 비아그라의 차이점에 대한 이야기. 진짜 비아그라와 가짜 비아그라의 구성 요소는 거의 같다는 거다. 다만 가장 큰 차이는 같은 성분을 반죽하는 기술의 문제. 가짜의 경우 어떤 성분이 과도하게 많이 들어가기 때문에 잘못 먹으면 사망에 이를 정도로 치명적이라고 말했다.

어디 이뿐이랴. 유명한 짜장면집 역시 반죽이 남다르다는 이야기를 방송에서 보았고, 맛있는 크라상과 피자의 비밀도 결국 반죽이라는 이야기를 들었다. 남녀 사이 연애와 결혼 생활도 결국은 또 얼마나 절묘한 반죽을 만들어내는가가 중요한 핵심이다.

인간은 누구나 마음 한구석에 다양한 녀석들이 모여 산다. 자유도 있고, 사랑도 있고, 돈도 있고, 현실도 있고, 아비의 자리, 자식의 자리, 남편의 자리 등등… 무엇 하나 버릴 수 없다. 과도하게 버리거나 내려놓으면 뭔가 기우뚱거리기 시작한다. 돈과 현실을 너무 강조하다 보면 우울증에 걸릴 경우가 생기는가 하면, 자유와 사랑에 집착하다 보면 헝클어진 현실을 맞닥뜨리게도 된다. 결국 얼마나 이들을 잘 반죽하느냐의 문제가 인생인지도 모르겠다. 잘 버무리고 반죽해서 맛있는 짜장면의 면발을 만들어내는 것처럼 오늘도 내 마음속 깊이 자리한 녀석들을 불러내 또 다른 반죽을 시도해본다.

#. 벗꽃

나무에 있는 꽃만 꽃이더냐.
때론 땅바닥에 떨어진 꽃이 더 아름답다.

피지 않는 꽃은 없다.
저마다 시기가 다르고 위치가 다를 뿐.

꽃은 반드시 핀다.
너도.

#. 부자

초등학교 1학년 때 바나나를 먹는 사람을 부자라고 생각했다.
초등학교 2학년 때 동물원 코끼리를 실제로 본 친구를 부자라고 생각했다.
초등학교 4학년 때 칼라 TV를 가진 집을 부자라고 생각했다.
초등학교 5학년 때 서울 사람은 모두 부자라고 생각했다.
그리고 세월이 흘러 멋진 노트북을 가진 사람도, 또 핸드폰을 자유롭게 쓰는 사람도 부자라고 생각했다. 지금은 바나나도 칼라 TV도 노트북도 가진… 그리고 서울에 사는 나도 부자인 걸까?
분명 부자는 그대로인데 내 욕심이 커지는 건 아닌지 모르겠다.

#. 빵집 아저씨

초등학교 4학년 때 옆집에 살던 친구였다. 중·고등학교 다니며 남들은
어쩌다 친다는 사고도 부지기수였다. 그 친구는 대학에서 제과·제빵
을 배운 후 유명 호텔 조리사를 거쳐 시골에서 빵집 아저씨가 되었다.
주변에 공부 좀 한다고 했던 놈들이 살아가는 모습과 그의 요즘을 보
면 인생은 도무지 알 길이 없다. 물론 남들 놀 때 박 터지게 일했고 술
마신 다음 날도 새벽같이 일어나 빵집을 향한다는 걸 나는 안다. 몇 년
전 첫 책을 내고 얼마 지나지 않아 녀석은 소주 한잔 기울이다 나에게
말했다.

"야, 다음 책엔 내 얘기도 좀 써 줘."

빵집 아저씨가 된 그 녀석이 부럽기만 한데 녀석은 날 부러워한다.
그렇게 남의 떡이 커 보이는 게 인생인지도 모르겠다.
책으로 이 글이 태어나는 날, 빵집 아저씨랑 소주 한잔해야겠다.

#. 뽀루지

입술 아래로 뽀루지가 났다.
사람들은 내가 섬세하거나 예민한 걸로 알지만
어떤 부분에선 곰보다 미련할 정도로 둔한데 말이다.
뽀루지는 고사하고 제법 크게 곪아도 모르고 지날 때가 태반이다.
그런데 이번 뽀루지는 너무 작아 잘 보이지도 않는데 왜 이렇게 신경
쓰이는 걸까.
아마도 너무나 오랜만에 찾아온 뽀루지라 그런 걸까?
시간이 지나면 저절로 없어질 게다. 언제 그랬냐는 듯 아무 일도 없었
다는 듯.

가끔 인생에도 뽀루지가 생긴다.
크게 거슬리진 않아도 은근히 신경 쓰이는 뽀루지들이 있다.
몸과 달리 맘에 생기는 뽀루지는 시간이 흘러도 잘 아물지 않는다. 뽀
루지는 되레 종기가 되어 수술이 필요할 때도 있다. 맘의 뽀루지일수록
서둘러 치료해야 하는지도 모르겠다.

아래 입술 뽀루지엔 꿀이 좋다고 하던데,
맘 한쪽에 생긴 뽀루지엔 뭐가 좋은 걸까?

#. 사람1

세상을 살면서 대부분의 것들은 아주 조금씩이라도 더 알아가는 게 일반적인데 반해, 사람은 살아가는 날이 길어지고 깊어질수록 점점 알 수 없는 경우가 더 많다. 꼭 많은 것을 알아야 할 필요는 없는 거라 스스로 위로를 해보기도 하지만, 그럼에도 불구하고 도무지 그 속이 보이지 않을 때, 때로는 보이는 부분과 말하는 부분이 다를 때, 점점 사람 만나는 것을 주춤거린다.

사람, 인생만큼이나 어렵다.

#. 사람2

우리 카페 앞에 한 여자가 앞뒤를 오가며 애써 주차를 한다. 반듯하게
주차를 하곤 우리 카페와 좀 떨어진 다른 카페로 향한다.
좀 떨어진 그 카페의 직원은 일을 시작하기 전 우리 카페에서 차를 마
시고 휴식을 즐긴다.
100킬로미터가 넘어도 매달 오는 손님이 있는가 하면, 이웃 동네에 살
아도 멀어서 못 오겠다는 사람도 있다.
모르겠다. 모르겠다. 모르겠다.
세상을 살면 살수록 사람의 마음은 알 길이 없다.

#. 색깔

색깔 있는 사람을 좋아한다. 자기만의 색깔, 조금은 다른 색깔을 지닌 사람이 좋다. 말할 때도, 글 속에서도, 사진에서도 색깔을 마구 뿜어 내는 사람들이 있다. 물론 색깔이 억지스러우면 오히려 인상을 찌푸리 게 되지만 자연스레 본인의 색깔이 본능처럼 드러나는 사람들이 있다. 아주 강한 빨강색도 있고, 밋밋한 회색도 있다. 하지만 강하다고 더 빛 나는 건 아니다. 종종 사람들은 말한다.

"내 색깔을 모르겠어요…."

대부분의 사람들은 자신의 색깔을 모르고 산다. 사실 강렬한 색깔을 지닌 사람도 모른다고 말하기도 한다. 때론 색깔이 없는 사람도 있다. 흥미로운 건 살면 살수록 색깔 없는 사람들이 더 무섭다. 이래도 저래 도 좋은… 어쩌면 그래서 색깔 있는 사람들이 좋은지도 모르겠다. 색 깔 있는 이들은 당황스러울 때는 있어도 뒤통수치는 일은 없다.

#. 셀피티스

셀피티스, 셀카 중독을 뜻하는 신조어다. SNS는 언젠가부터 셀카 천국이 되었고 이는 남녀노소만의 놀이가 아니라 미국 대통령은 물론 교황도 셀카에 동참하고 있다. 거울 볼 때마다 하루에 한 번쯤은 자기 얼굴을 볼 텐데도 불구하고 하루에 수십 번씩 셀카를 찍는 사람들이 속속 등장하고 있다. 유명 연예인의 누드 유출은 이제 뉴스거리도 되지 않을 정도다. 본인의 셀카가 마음에 들지 않아 자살을 시도한 사건이 생길 정도이니 앞서 언급한 대로 놀이를 넘어 이젠 사회 문제의 하나가 된 셈이다.

왜 찍는 걸까? 전문가들은 자신감 회복과 자기만족을 이유로 들었지만 선뜻 고개가 끄덕여지진 않는다. 그래서 사람들에게 물어보았다. 온갖 다양한 대답들을 들어도 시큰둥했지만 유일하게 하나 끄덕여지는 부분이 있었다. 본인 스스로가 봤을 때 실물보다 더 나아 보일 때가 있기 때문이란다.

그래도 본질은 하나일 텐데… 스스로를 사랑한다는 건 참으로 예쁘고 의미 있는 일이다. 그래서 자중자애라는 말을 참 좋아하기도 한다. 다만, 햇살에 비친 내 모습, 멋진 카페의 조명 아래 내 모습만큼이나 스스로의 내면을 사랑해주면 좋겠다. 셀카를 찍는 반만큼이라도 마음을 들여다본다면 지구별은 셀카 속 그대보다 더 아름다워지지 않을까?

#. 소주 한잔

"또 속았어?"

"자꾸 속는데 왜 또 믿어?"

살면서 일 년에 몇 번은 꼭 듣게 되는 아내의 질문들. 사람을 잘 믿는 나를 빗대어 하는 말이다. 심장을 보지 못하고 껍데기를 본 내 잘못이다. 하지만 내 대답은 늘 한결같다. 어느 날엔 두 번 다시 마주치기 싫은 사람을 만나 몸살 걸린 사람처럼 끙끙 앓기도 했지만, 또 세월이 흘러보면 여전히 좋은 사람은 있었다. 수많은 쓰레기들 때문에 그 속의 진주를 포기할 순 없었다. 내가 먼저 믿어야 상대도 날 믿을 테고, 내가 먼저 마음을 열어야 상대도 마음을 열 테니까. 그래서일까. 속아도 또 믿고 산다. 언젠가는 또 속고, 언젠가는 속는 것도 멈추겠지. 속아도 속아도 재미있게 즐겁게 세상을 살아가고 싶다. 아들에게도 사람은 믿는 거라고 늘 말해주며 살고 싶다.

소주 한잔하고 나면 금방 잊히더라. 그리고 오늘도, 술이 한잔 생각나는 밤이다.

1 _ 쉬 워 보 이 는 데   어 렵 다

#. 수세미

수세미는 그냥 다 같은 수세미인 줄 알았다.
하지만 어느 날 수세미의 다른 얼굴을 보았다.
앞면과 뒷면이 서로 다른 수세미의 얼굴.
한쪽의 부드러운 면을 사용할 때도 있고,
다른 한쪽의 거친 면을 사용할 때도 있다.
몸은 하나지만 앞뒤로 서로의 역할은 달랐다.
때론 부드럽게 때론 강력하게 사용하면,
설거지는 한결 편해지고 그릇도 더 빛이 났다.
그렇게 상황 따라 다른 대응이 필요하다.
하물며 사람은 몇 종류에 불과한 그릇이 아닐 텐데 어찌 늘 같으랴.
때론 부드럽게 때론 달콤하게 때론 냉정하게
그릇을 더 깨끗하게 하기 위한 것처럼,
달라야 하리라.

#. 시소

seesaw, see와 saw의 합성어다. 순우리말도 한자도 아닌 영어다. 올라갈 때는 풍경이 보이고(see), 내려올 땐 풍경이 보였다(saw)는 의미를 갖는다. 그러니 대부분의 우리나라 아이들이 가장 먼저 알게 되는 영단어인지도 모르겠다. 놀이터에서 흔히 보던 이 시소가 가만히 생각하면 할수록 철학적인 단어였다.

어릴 때 친구들과 시소를 탈 때는 서로 몸무게가 비슷한 아이들끼리 양쪽에 걸터앉아 놀면서 아무도 알려주지 않는 과학의 논리를 배우기도 했다. 양쪽으로 두세 칸씩 있는 자리의 의미를 알아갔다. 좀 무거우면 앞쪽으로 앉고 가벼우면 뒤편으로 앉아 균형을 맞춰갔다. 단순한 놀이기구를 뛰어넘어 어떻게 하면 서로 균형을 이룰 수 있는지를 알게 해주었다. 그래서 꼭 몸무게가 비슷한 사람들끼리만 놀 수 있는 게 아니라, 서로 달라도 얼마든지 조화를 이루며 놀 수 있다는 걸 보여주었다. 까마득한 옛날 시소를 탔던 어른들은 시소가 무엇을 의미하는지 몰랐다. 보이고(see), 보였던(saw) 풍경 속에서 양쪽의 균형을 잡는 아름다운 조화를 놓치고 살았다.

아이들은 시소를 타고 올라갈 때도 즐겁지만 내려올 때도 즐겁다. 잠시 후면 다시 올라갈 것을 잘 알고 있기 때문이다. 정작 어른들은 오르면 한없이 오를 거라 여기고, 내려오면 영영 못 올라갈 것이라 착각한다. 아이 때는 알았던 것들을 어른이 되면서 까맣게 잊고 살아간다.

1 _ 쉬 워 보 이 는 데 어 렵 다

#. 신뢰

신뢰: 굳게 믿고 의지함.

"저는 사람을 신뢰하지 않아요."
"그렇지 않을 거예요. 믿지 않았다면 상처받을 일도 없었을 텐데… 사람들에게 상처받았다는 이야기는 신뢰했기 때문이겠지요."

가만히 들으며 눈물을 흘렸다. 난 어릴 땐 열 번 중 아홉 번은 신뢰해야 한다고 여겼다. 세월이 흘러 이젠 열 번 중 한 번은 그렇다 생각하지만. 그 한 번을 위해, 그 한 명의 좋은 사람을 위해… 나머지 아홉 번은 자꾸 뒤통수를 맞을지라도 난 신뢰하려 한다. 내가 정말 사랑하는 친구도 신뢰하지 않는단 말을 했던 기억이 난다. 그런데 그 친구도 보면 볼수록, 그 누구보다 사람을 신뢰하고 아끼는 친구였다. 오히려… 신뢰한다, 좋아한다를 반복했던 많은 이들이 온데간데 없어졌다. 그렇게 진심은 뒤집어서 보이기도 하는 건가 보다. 신뢰를 좀처럼 찾기 어려운 세상, 하지만 어디든 신뢰는 숨어 있다. 신뢰하는 이에게만.

#. 아는 사람

가끔씩 사람들을 만나다 보면 아는 사람이 많다고 너스레를 떠는 이들을 종종 본다. 아는 사람이 많다는 건 그만큼 발도 넓은 걸 테고 인간관계도 원만하다는 걸 테다. 우리 사회는 언젠가부터 그게 곧 자랑거리가 되었다. 유명인사라도 안다고 하면 괜히 달라 보이고 끝없이 이어지는 아는 사람의 나열에 기가 죽기도 한다. 한때 아는 사람들이 많아지기를 기대하기도 했고, 휴대폰 속에 가득한 아는 사람 연락처를 또 다른 재산이라 여기기도 했었다.

이름을 알면 아는 사람일까? 악수를 나눴으면 아는 사람일까? 술이라도 한잔 걸치면 아는 사람일까? 핸드폰 속에서 화석처럼 굳어진 이름들을 보다 보면 가끔은 아는 사람이 맞나 싶을 때가 있다. 일 년이 지나도 통화 한 번 안 하고, 서로의 안부는커녕 살았는지 죽었는지도 모르고 지낸다. 어쩌다 연락이라도 오면 반가움에 앞서 먼저 경계하게 되는 나를 발견하기도 한다. 그러니 모르는 사람보다 더 무서운 아는 사람들이 되었다.

여전히 아는 사람들은 많다. 하지만 그냥 아주 조금 1퍼센트도 채 안 되는 신상 정보를 아는 것 그 이상도 이하도 아니다. 아는 사람이 아니라 알아가는 현재 진행형의 사람들과 어울리고 싶다. 많은 게 결코 좋은 게 아님을 아는 사람들을 통해 또 배운다.

#. 안테나

곤충들의 촉각을 뜻하는 말에서 시작되었다. 어린 날 TV를 볼 때 화면이 흐려지면 이리저리 돌리던 것이 내가 알게 된 첫 안테나였다. 한때는 더 멋진 모양의 안테나가 유행하기도 했고, 지금 생각하면 다 비슷했던 안테나의 성능으로 친구들과 설전을 벌인 기억도 있다. 이제는 우주인과의 교신을 위해서도, 군사적인 목적으로도 사용되니 세상은 늘 그렇게 변해간다.

어느 회사고 안테나로 통하는 사람들이 있고, 어떤 모임에도 안테나가 있다. 바짝 안테나를 세우고 주변 동정을 살피는데, 때론 진실을 잡아내기도 하고 때론 근거 없는 소문을 잡아내기도 한다. 어쨌거나 안테나는 인간 사회에도 존재한다.

나도 간간이 사람을 들여다볼 때 안테나를 사용한다. 제대로 선명하게 보일 때도 있지만 그렇지 못한 날들이 훨씬 많다. 그래도 안테나를 접지는 못한다. 여전히 돌아간다. 다만 이제는 안테나 탓을 하지 않는다. 쉽게 선명한 화면을 얻으려 하지도 않는다. 안테나는 그저 안테나라는 걸 안 이후로는.

#. 야구성형

프로야구 선수들과 기자들 사이에 사용하는 용어다.
야구 선수가 야구를 잘하면 얼굴도 잘 생겨 보이고 하는 말도 멋져 보
인다는 내용이다.
어찌 야구에만 있을까. 인생도 멋지게 사는 이들을 보면 마찬가지 아닐
까? 오늘 아침 거울을 보며 난 어떤 성형을 원하는지 돌아볼 일이다.

#. 양심

딱히 한마디로 정의하긴 어렵지만 보면 알 수 있는 것.

#. 여유

"프로와 아마는 모두 실수를 해.
그때 아마는 세상 탓을 하고
프로는 여유를 가지고 자기를 돌아보지."

"여유?"

"그래. 너 같은 아마추어는 감히 생각도 못하는 여유."

-〈드라마의 제왕〉 중에서

세상 탓을 했는지 나를 돌아봤는지….

지금의 나는 정직하게 대답하고 있었다.

#. 욕

운전대만 잡으면 욕하는 사람이 있고 욕쟁이 할머니로 유명해진 사람
도 있다. 욕은 남의 인격을 무시하는 모욕적인 말이라고 하지만 욕쟁
이 할머니의 성공 스토리처럼 늘 그런 건 아니다. 욕을 해도 인격을 무
시하지 않는다면, 모욕적이지 않다면 때론 재미로 다가오기도 한다. 그
러니 욕을 일방적으로 좋고 나쁨으로 규정하는 건 쉽지 않은 일이다.
다만 없는 이야기를 만들거나 자기 합리화를 위한 욕은 진정 욕을 부
르기도 한다. 언젠가부터 상대방과 대화를 나눌 때 대화 속 등장인물
과 함께 욕과 칭찬에 대해 주목하곤 한다. 칭찬을 주로 하는 사람, 욕
을 주로 하는 사람… 이렇게 두 부류의 사람으로 나뉘어졌다. 욕하지
않을 수 없는 세상에 살고 있지만 욕은 욕을 부른다.

#. 유서

2004년 어느 날 처음 유서를 써보았지. 괜히 쑥스럽고 굳이 이렇게까지 해야 하나 싶더군…. 하지만 한 줄 두 줄 쓰면서 장난기는 온데간데 없고 당황스럽기 시작했어. 손은 나도 모르게 떨기 시작했고, 몇 줄이 지나지 않아 눈에는 눈물이 맺히고, 어쩌면 당장이라도 죽을 것처럼 간절해지는 거야. 한 줄도 못쓸 거 같던 유서는 어느새 한 페이지를 가득 채우고 그 이상을 쓰고 있더군. 몇몇 사람들 앞에서 발표를 해야 했는데, 두세 줄 읽다가 울음을 멈추지 못해 다 읽지도 못했지. 10년 전 유서를 처음 쓴 이후 난 가끔 유서를 써. 누군가는 웃을지도 모르겠지만, 사실 내일도 우리가 웃으며 살아갈지 아닌지는 아무도 모르는 거니까. 그런데 종종 쓰는 유서가 참 묘한 힘을 가지고 있더라. 유서에 한 줄이라도 더 쓰고 싶은 마음이 나를 움직이게 하고 내 삶을 이끌기도 하는 거야. 그래서 평생 안 하던 것들을 하나둘 늘려가고 있고 그 내용은 이 세상 그 누구도 모른 채로 유서 안에만 쓰여 있지. 왜 내 인생만 찌질해 보일 때가 있잖아. 그리고 유독 나만 지지리 복도 없는 것처럼 느껴질 때도 있잖아. 그럴 때 유서를 한 번 써봐.
유서, 참 무거운 이야기 같지만 오히려 쓰고 나면 세상이 따뜻해 보이더라. 너도 한 번 써보지 않을래?

#. 이별

그렇게 또 이별을 했다.

밥 먹듯 이별하는 세상에서 또 한 번의 이별이 뭐 그리 대수겠는가

마는 늘 하는 이별일지라도 가슴 한쪽이 허해진다.

김광석이 살아생전 라이브 무대에서 '서른즈음에'를 부를 때,

20대인 나에게 그 노랫말은 그다지 와 닿지 않았다.

그런데 요즘에 와서야 그 노랫말이 왜 사무치는지,

그리고 그 옛날 객석에 앉았던 여성 팬들이 왜 눈물을 훌쩍거렸는지

이젠 알 듯하다.

"매일 이별하며 살고 있구나…."

늘 만나고 헤어지는 인생사,

떠난만큼 또 만나리라.

#. 인간 공부

피자를 만들고 맥주를 나르면서 나도 모르게 휴대폰 버튼을 눌렀나 보다. 엄마에게만 연속 두 통. 걱정 많으신 엄마는 아내에게, 집으로 연신 전화를 하신 모양이었다. 나갈 안주 다 나가고 한숨 돌리며 엄마에게 전화를 했다.

"엄마, 뭔가 잘못 눌러졌나 봐. 걱정했다며?"

"말없이 끊어져서 걱정했지. 카페는 잘 돼?"

"뭐… 하나씩 잘 배우고 있어."

"응, 적자 없이 공부하는 거면 괜찮은 거야. 마음 비우고 찬찬히 해. 지금 많이 배웠겠지만 사계절 겪어보면 더 많이 배울 거야. 인생도 배우고 일도 배우고… 무엇보다 인간 공부도 다시 하게 될 거야."

그러게… 엄마는 엄마인가 보다. 내 속을 훤히 뚫고 계신다. 안 그래도 요즘 카페 공부도 열심히 하고 있지만 인간 공부도 다시 하고 있는데… 내가 다섯 살 때부터 장사를 했으니 엄마는 어느덧 40년 세월을 해오셨다. 그러고도 모르는 게 장사라니 내가 잘 모르는 건 당연한 일인지도 모르겠다. 70년 넘게 살아온 엄마가 인생을 잘 모른다니 내가 모르는 건 당연한 일인지도 모르겠다. 칠순이 넘어서도 사람 마음 알 길이 없다 하시니 내가 인간을 모르는 건 당연한 일인지도 모르겠다.

다만, 요즘 느끼는 한 가지. 난 참 운이 좋구나. 누군가 떠나가면 누군가 또 다가오는구나. 그렇게 나간만큼 들어오고 들어온 만큼 나가는

1 _ 쉬워 보이는데 어렵다

게 인생인지도 모르겠다. 카페 뒷정리를 모두 마치고 잠시 앉았는데 문자 한 통이 온다.

"기왕 가는 거 좀 빨리 가고 싶었는데 일이 늦게 끝난 분이 계셔서 늦었네요. 죄송하고 감사했습니다. 담에 또 빙수 먹으러 갈게요.^^"

가장 가까운 길로 오면 171.15킬로미터, 그 먼 거리를 오시면서 좀 늦게 왔다고 보내주신 문자다. 더구나 처음도 아니고 벌써 서너 번째. 이미 1천 킬로미터를 넘게 오가신 셈. 그래서 난 요즘 수시로 내 기억장치를 확인한다. 못 미더우면 메모하고 저장하며 남겨둔다. 기억할 건 꼭 기억해야겠기에, 신세 갚을 일은 어떻게든 해야겠기에⋯. 어려서부터 지금까지 그나마 잘하는 게 기억인지라, 새삼 다행스럽다는 생각이 든다.

멀다. 가깝다. 바쁘다. 한가하다. 인간 공부의 시작은 거리와 시간부터였다.

#. 인격

당신을 위해 아무것도 해줄 게 없는 누군가를 어떻게 대하느냐가 당신
의 인격이다.

#. 인형

세상 사람들은 언젠가부터 인형이 되어간다.
의술의 힘을 빌려 외모도 비슷해지고,
처세의 힘을 빌려 행색도 비슷해진다.
인형이 사람보다 예쁠 수는 있지만
인형은 뜨거운 심장이 없다.
난 예쁜 인형보다 떨리는 심장을 가진 사람이 좋다.

#. 일방통행

일정한 구간을 정해 한 방향만으로 가도록 하는 것.
이곳이 일방통행임을 아는 사람들에겐 더 편리할 수도 있지만,
처음인 사람들에겐 당황스럽기 짝이 없는 곳.
알고 보면 차에게만 일방통행이 있을 뿐
사람이 걷는 길에는 없다.

사람이라면 일방통행은 없는 것이다.

1 _ 쉬 워 보 이 는 데   어 렵 다

#. 일본 아줌마

원년부터 30년 넘게 엘지트윈스를 향한 골수팬이었다. 두산 베어스 선수들의 면면도 대부분 안다. 그중 한 선수가 바로 김재호 선수다. 아웃을 당해도 플레이가 좀 아쉬워도 끊임없이 웃는 선수다.

어느 날 카페에 처음으로 외국인 손님이 들어왔다. 일본 여성 두 명이었는데 잘 아는 일본 여행객 가이드 분이 데려온 것이다. 한 명의 여성이 바로 김재호 선수의 엄청난 팬이었다. 지긋이 나이든 일본 아줌마였는데 김재호 선수를 말할 때면 얼굴이 환해지고 본인의 아들 같은 선수라고 말하면서 자랑스러워했다. 열심히 일해서 돈을 모아 한 달에 한 번 정도 김재호 선수의 경기를 보러 온다고. 두산 선수들과 스태프들을 모두 모아 식사를 대접할 정도라고 하니 놀라울 따름이다. 이젠 두산 베어스 내에선 정말 유명해져서 감독은 물론 구단에서도 개막전 티켓을 구해 연락이 올 정도라고 한다. 김재호 선수가 2군 선수일 때부터 팬이었고 그를 처음 본 순간 마치 운명처럼 다가왔다고 하니 진정한 팬인 건 분명하다. 사실 어린 날엔 한 번쯤 가수나 배우에게 엄청난 팬심을 갖고 산다. 그게 열정이든 어린 날의 치기든.

카페라떼를 한 잔 내어주면서 그녀를 가만히 바라보았다. 무언가에 저토록 열정적일 수 있다는 게 한편으론 참 부러웠다. 열정만 있으면 뭐든 될 거라 믿던 시절이 있었는데…. 다른 게 문제가 아니라 열정이 없는 게 문제였다. 열정아, 돌아와라.

#. 장례식장에서

친구 어머님의 상갓집에 친구들이 둘러앉아 이런저런 이야기를 주고받는다. 자연스레 죽음에 관한 이야기들이 많이 오간다. 그러다 한 친구가 먼저 말을 꺼낸다.

"난 어제도 상갓집에 갔었어. 직원 중에 한 명이 스스로 목숨을 끊었거든. 어제 모인 사람들이 다들 한마디씩 하더라. 평소와 다르게 밥을 먹자고 했고, 평소와 다르게 탁구를 치자고 했고, 평소와 다르게 차 한잔 하자고 했다고. 나에게도 얘기 좀 하자고 했는데…."

그리고 친구는 더 말을 잇지 않았다. 나이가 들면서 주변에는 자살을 선택하는 사람들이 생겨났다. 자살의 뒷이야기는 늘 친구의 말처럼 그렇게 평소와 다른 모습을 보이는 것. 그런데 정말 평소와 다르게 그런 것일까? 평소에도 그랬지만 마지막 그 순간이 더 강하게 남았으리라. 그리고 끝내 따라오는 한마디가 더 있다.

"내가 전화만 받았더라도…."

"내가 차 한잔만 나눴더라도…."

진짜 그랬더라면 그 사람의 인생이 멈추지 않았을지는 아무도 알 수 없는 일이다. 다만 적어도 잠시 브레이크를 걸어줄 수는 있었을 테고, 그 브레이크는 더 긴 호흡을 이끌어낼 수 있었을지도 모른다. 무심코 넘긴 전화 한 통화, 차 한잔, 말 한마디가 누군가의 인생을 통째로 바꾸기도 한다. 장례식장이 아닌 일상 속에서 말이다.

1 _ 쉬 워 보 이 는 데   어 렵 다

#. 전생

전생은 존재할까? 사실 존재의 유무는 그리 중요한 일은 아니지만 가끔은 이런 비현실적인 조건이 있어야만 설명되는 것들이 존재하는 듯하다.

"전생에 분명 수없이 친구 목숨을 구했을 거야."

친구 동훈이가 내게 하는 행동을 보며 아내가 늘 하는 말이다.

"전생에 우린 무슨 사이였을까?"

재미 삼아 인터넷을 찾아보면 그럴 듯한 해석이 나오지만 속 시원한 답이 되진 않는다. 부모와 자식은 전생에 원수였다는 흥미로운 이야기들도 있지만 모든 게 가정일 뿐 사실은 알 수 없다. 다만, 전생을 이야기할 때마다 같이 따라오는 건 바로 '인연'. 소중한 인연에 대해 말할 때 우린 전생을 끌어들이곤 한다. 전생에 무슨 인연이었든 훗날이 아닌 내가 사는 오늘에 그 인연들을 잘 간직하고 싶다. 잘 갚으면서 살아야지. 더 열심히 살아야지. 전생이 있는 거라면 그건 지금 더 치열하게 살라는 말일 게다.

#. 점검

누군가 나에게 행복하냐고 물어온다.

정말 행복하다면 몇 점이나 줄 수 있냐고 다시 물어온다.

그럴 때면 스스로 다시 묻는다.

영감을 잃지는 않았는지,

여전히 호기심으로 가득한지,

내 일을 사랑하는지,

친구와 가족과 함께 더 가깝게 지냈는지,

내 마음을 잘 조절했는지,

남을 도왔는지,

책을 읽으며 살았는지,

운동은 했는지,

무엇보다 두려움에 맞섰는지 아니면 피했는지,

그리고 내가 잘하는 일을 했는지….

빵점도 아니지만 백점도 아니다.

쉬워 보이는데 어렵다.

#. 접촉 불량

얼마 전부터 집 욕실의 전등 스위치가 접촉 불량이다. 한 번에 잘되질 않고 몇 번을 시도해야 불이 켜지곤 한다. 이럴 때 남들 보면 맥가이버처럼 잘도 고치던데 나에겐 깐깐한 상사 비위 맞추기보다 더 어려운 일이다. 아예 고장 난 거라면 새로 바꾸면 될 터인데, 몇 번 시도하면 켜지기도 하니 그대로 사용하게 된다. 하지만 언젠가 그 수명을 다할 거란 걸 알고 있다. 아쉬운 대로 쓰는 것이다.

사람과 사람 사이도 접촉 불량인 경우를 종종 경험하게 된다. 분명 소통이 된 듯한데 돌아서면 딴소리하거나 엉뚱한 행동을 하는 걸 보게 된다. 아마 누군가에게 나 역시 그런 모습으로 보일 수도 있겠지만…. 그럴 때마다 생각한다. 새로 스위치를 바꾸면 이 사람이랑 잘 통할 수 있을까? 아니면 기계와는 달라 영영 이러다 멀어질까?

> "사람의 천성이란 대문으로 쫓아내면 창문으로 기어들어오는 것이라 했던가."
>
> —김별아, 《불의꽃》 중에서

이 말대로라면 사람 사이의 접촉 불량은 잠시의 문제는 아닌 듯하다.

#. 좋은 사진

상상력을 자극하고,
선명한 메시지를 지니고,
사진 속으로 들어가고 싶은 충동을 느끼게 하는,
포토샵으로 지나친 변장을 하지도 않고,
그럴 듯한 구도를 거부할지라도,
살아 숨 쉬는 사진.

좋은 사람의 조건과 똑같다.

#. 주부에게

아주 가끔은 이기적인 주부로 살아갈 것.
아주 가끔은 나만의 시간을 가질 것.
아주 가끔은 떠나볼 것.
누구 엄마, 누구 아내가 아닌 나로 살 것.
아주 가끔은.

#. 진짜

"와아… 무슨 작가가 저리 밝아?"
"왜? 작가는 밝으면 안 되나?"

작가로 활동하는 아는 동생이 다녀간 뒤 아내가 나에게 한 첫마디였다. 작가면 왠지 폼 잡고 근엄하고… 뭐 그런 걸 생각했나 보다. 내가아는 진짜 작가들은 아무도 안 그런데… 가짜들이 작가인 척하며 사느라 떠들면 탄로 나니 침묵하며 무게 잡는가 보다. 하여튼, 진짜는 진짜같지 않고 가짜는 가짜 같지 않은 세상이다.

#. 참다

참다: 충동과 감정 등을 억누르다. 그리고 다스리다.

고스톱을 쳐보면 안다. 열고를 외치는 놈보다 잘 참아내는 인간이 돈을 딴다는 사실을. 연애할 때도 참아내는 쪽이 순간은 밀려도 궁극엔 우위에 선다는 사실을. 세상에 많은 것들이 참아낼 줄 아는 이에게 더 큰 기쁨을 선사한다는 것을…. 자꾸 참으면 사람 우습게 보여서 안 돼, 아니다. 오히려 자주 성내는 놈이 더 우습게 보인다는 것도 안다.
참을 만한 상황이 아닐 때 참아내는 것, 그게 가장 무섭고 깊은 인생임을 안다. 그런데 알면서도 왜 안 되는 것이더냐….

#. 체감온도

느낌온도라고도 불리는 체감온도는 실제 온도보다 더 춥거나 더 덥게
느껴지는 것을 말한다.
같은 온도지만 바람의 세기와 습도에 따라 저마다 다른 온도를 느끼게
된다. 여기에 더불어 심리상태에 따라서도 달라진다.
춥다, 내 마음의 체감온도다.

#. 취중진담

술에 취한 상태에서 속마음을 말하던 때가 있었다. 평소엔 좀 쑥스럽
고 겸연쩍은 이야기를 술 기운을 빌어 말했었다. 취중진담의 마지막이
언제인지는 정확히 기억나지 않지만 확실히 나이 들며 취중진담도 줄
었거나 거의 하지 않는다. 말의 매서움을 알아서이기도 하고 취중이 아
닐 때 말하는 속마음이 더 진심으로 보인다는 것도 알았기 때문이리
라. 청춘일 때 했던 취중진담을 돌아보면 단순히 나이만의 문제는 아
닌 듯하다. 젊은 날 취중진담을 하노라면 상대도 진지하게 받아주었
다. 함께 고민했고 진심을 보며 서로 한 뼘 가까워지기도 했다. 술 깬
다음 날 놀리는 한이 있더라도 적어도 그 자리에선 서로에게 진심을
내보였다. 그런 게 친구라 믿었고, 그런 게 연인이라 믿었고, 그런 게 고
백이라 믿었다.

언젠가부터 취중진담은 약점이 되는 세상이 되었다. 싱거운 사람으로
취급 받거나 심하게는 술주정으로 비춰지기도 한다. 김동률이 부르는
'취중진담'은 여전한데, 영화 〈건축학개론〉 속의 취중진담도 아련한데,
세상은 성큼성큼 변해간다.

가끔은 취중진담이 그립다. 그런 벗이 그립다.

#. 타령

"인생 살면서 제일 싫어하는 말이 '없어서 못한다, 안 된다'는 말이다.
그런데 요즘 리더들을 보면 타령하는 사람이 의외로 많다. 선수가 없
다, 긴장해서 못했다, 실수가 많았다 등등 타령을 하는 리더들이 눈
에 띈다. 그런 말을 듣고 있으면 속에서 뜨거운 화가 치밀어 오른다.
리더는 10원짜리 살림도 100원짜리 살림처럼 만들 줄 알아야 한다.
선수가 없다고 타령만 하지 말고, 10원짜리 선수를 100원짜리 선수
로 만드는 게 리더의 역할 아닌가. 선수가 없다는 말은 누워서 침 뱉
기나 마찬가지다. 자기의 능력 부족을 대놓고 인정하는 셈이다. 선수
들도 보고 듣는 눈이 있다. 자신이 따르는 리더가 타령을 좋아하는
사람이라면 그에 대한 믿음과 신뢰가 생기겠나. 오히려 선수들은 그
런 리더를 보면서 절망한다."

―야신 김성근 감독의 인터뷰 중에서

존경의 대상을 찾기 어려운 세상에서 김성근 감독은 나에게 있어 존
경의 인물이다. 한 분야에서 신이라 불릴 정도로 잘해서라기보다 그
가 가진 마인드와 근성이 늘 마음을 움직이게 한다. 그의 인터뷰 내용
은 일부 프로야구팀 감독이나 코치에 대한 일침이다. 하지만 어찌 그
들만의 이야기겠는가. 우리 역시 스스로의 삶에 대한 리더이고, 한 가
족의 리더이고, 때론 작은 그룹의 리더가 되기도 한다. 간혹 주변을 돌
아보면 이래서 안 되고 저래서 안 되는 숱한 변명을 늘어놓는 사람을

보게 된다. 나 역시 그런지도 모르겠다. 반대로 이렇든 저렇든 해내는 사람을 보기도 한다. 그들의 삶이 어느 방향을 향하는지는 설명이 필요 없을 정도로 자명하기도 하다. 누구에게나 힘든 짐들이 있다. 만만치 않은 인생인 걸 안다. 그러나 누구는 있고 누구는 없다면 불공평하지만, 그 어떤 방해물도 없다고 말하는 이가 지구상에 존재할까? 육아로 힘들지 않은 엄마가 있을까? 스트레스 없는 회사 생활이 존재할까? 백점짜리 남편과 아내에 만족하는 이는 또 얼마나 될까? 내가 하는 사업만 죽어라 안 되고 날 제외한 옆집들은 늘 잘되는 걸까? 그렇지는 않을 게다. 웃고는 있지만 다들 가슴 한 귀퉁이에 쓰라린 무언가 하나쯤 움켜쥐고 살아간다. 그런데 쓰라린 무언가에 집착하고 핑계 대고 그 타령만 하기엔 아무런 답이 없음을 또한 안다. 그러니 타령할 시간에 다른 무언가를 해야 하고, 차라리 자투리를 쪼개어 휴식을 취하는 편이 낫다는 것도 안다. 타령, 가끔은 무언가의 탓으로 돌리는 것이 위로가 되기도 한다. 하지만 그 타령들의 반복은 나에게 더 큰 짐이 되어 돌아오는 것을 목격하게 된다. 10원을 100원으로 만들 수는 없을지언정, 10원짜리 타령보다는 100원짜리 꿈을 향한 발걸음이 가치 있지 않을까.

#. 타인

세상에는 두 가지 타인이 있다.
영원히 타인으로 남는 타인,
언젠가 지인이 될 타인.
타인을 대하는 방식도 두 가지다.
끝내 타인이라 믿는 오만,
지인이 될 수도 있다고 믿는 겸손.
인생은 그렇게 작은 생각에서부터 바뀐다.

#. 토끼와 거북이

누군가는 부지런히 달린 거북이의 승리를 보며 토끼처럼 능력이 있어도 자만하면 패배한다고 했다. 또 누군가는 거북이의 승리는 페어플레이를 하지 않은 비도덕적 승리라고 했다. 적어도 경쟁자인 토끼를 깨워주는 게 상대방에 대한 매너라고…. 또 누군가는 이런 비현실적인 동화가 왜 나왔는지 모르겠다고 했다. 저마다 보는 시선도 생각도 다르다. 이걸 다양성이라고 해야 하나? 아님 트집 잡기라고 해야 하나? 정해진 정답이 있는 건 아니지만, 말한 사람들은 안다. 자신의 말이 억지인지 아닌지.

#. 포기

오랜만에 만난 선배는 요즘 소송 중이라고 말했다. 몇 년째 끌다 보니 몸도 마음도 다 지쳤다고 했다. 말하지 않아도 선배의 얼굴은 이미 많은 걸 이야기하고 있었다.

"그냥 멈춰. 병나면서까지 진행할 이유가 없어 보여."
"가끔은 그럴까도 싶은데…."
"누나, 포기할 줄 아는 것도 용기야. 사람들은 시작할 때만 용기 운운하지만 알고 보면 포기가 더 큰 용기가 필요해. 아닌 건 아닌 거야."

포기보다 때론 자존심이 더 중요하고, 자존심을 넘어 더 중요한 가치가 있노라고 믿고 살기도 한다. 사람들은 오직 직진만이 용기라 믿지만 알고 보면 후진이나 멈춤이 더 큰 용기가 필요하다. 잠시 멈춰서 바라보는 하늘이 더 아름다운 것처럼, 인생은 멈출 줄 알 때, 더 빛난다.

I _ 쉬 워 보 이 는 데   어 렵 다

#. 함께

이 세상의 말 중에 '함께'라는 말만큼 좋은 말이 얼마나 될까?

가족과 함께,

애인과 함께,

친구와 함께,

언제 들어도 푸근해지는 말이다. 함께가 긍정적으로 작용하면 세상의
부조리를 몰아내기도 하고, 서로의 부족함을 메우는 더할 나위 없는
이 세상의 보석 같은 존재가 된다. 하지만 함께를 빙자해 패거리로 변
질되는 순간,

우리가 남이가?

같은 학교 아이가?

같은 고향 아이가?

짜증나는 단어로 돌변한다.

함께이고 싶다.

#. 헛똑똑이

"에구. 이런 헛똑똑이 같은 놈… 쯧쯧."

겉으론 아는 게 많고 똑똑해 보이지만 정작 알아야 할 것은 모르거나 행동이 약지 못할 때 사람들은 혀를 끌끌 차며 헛똑똑이라 말한다. 좋게 말하면 순진한 것일 테고 냉정하게 보면 멍청한 것인지도 모르겠다. 나랑 가장 오래 살아온 두 사람, 아내와 어머니가 나에게 자주 하는 말이기도 하다. 그럴 때마다 겉으론 피식 웃지만 속으론 제법 쓰리다. 그리고 늘 속으로 중얼거린다.
'그냥 사람을 믿은 건데….'
사람을 믿으면 헛똑똑이가 되는 세상이 되었노라고 애써 변명한다. 그나마 가족이니 똑똑이란 말이 따라왔지 아니었다면 그냥 바보인 셈이다. 그러다 어느 날 헛똑똑이를 만나면 어찌나 반가운지…. 정말 헛똑똑이 맞다.

#. 호흡

가수 박진영이 진지한 얼굴로 늘 말하는 '공기 반 소리 반'은 결국 호흡에 관한 이야기다. 등산을 좀 하는 사람이라면 아는 내용 중에 산을 잘 타는 사람이 맨 뒤에 서고 그렇지 못한 사람이 맨 앞에 선다. 능숙한 사람일수록 상대의 호흡을 어느 정도 맞춰갈 수 있기 때문이다. 그러니 다 똑같이 그저 숨을 내뱉고 쉬는 것 같지만 저마다의 호흡은 모두가 다르다. 그래서 운동선수 간에, 또는 동료들 사이에도 호흡이 잘 맞는다는 표현도 생겼으리라. 100미터 달리기 선수들이 달리는 동안 단 한 번도 숨을 쉬지 않는다는 것도 모두 호흡이 미치는 영향 때문이다. 결국 이 모든 이야기를 정리해보면 살아가는 데 호흡 조절이 필요한 셈이다. 때론 크게 한숨을 내쉬기도 해야 하고, 때론 잠시 숨을 참아내기도 해야 하며, 짧은 숨을 자주 쉬어야 할 때도 있다.

하지만 급할수록 숨이 차오르는 건 도리가 없다. 참기도 어려울뿐더러 조절은 거의 불가능하다. 그럼에도 긴 호흡이 필요하다. 긴 호흡으로 서두르지 않고 한걸음씩 걸어가야 한다. 아직 인생은 길고 가야 할 길도 멀다. 강한 놈이 살아남는 게 아니라 살아남은 놈이 강한 것처럼.

#. 휴지통

버리고 또 버린다. 분명 얼마 전까지만 해도 필요했던 것도 어느 날엔 휴지통으로 직행하곤 한다. 우리가 사용하는 컴퓨터 바탕화면에도 휴지통이 있을 만큼 인간들은 끊임없이 버리고 있다. 그나마 컴퓨터는 필요하면 복원을 통해 휴지통에서 다시 꺼내면 되지만 현실에선 한 번 버려지고 휴지통이 비워지면 다시 찾을 길도 없다. 이사라도 한번 하려면 온통 버릴 것투성이다. 뭘 이리도 끌어안고 살았나 싶을 정도로 휴지통은 늘 가득 찬다. 버리고 사고, 버리고 사고를 반복하는 인생이라 해도 과언이 아닐 정도다.

휴지통은 못 쓰는 종이나 쓰레기를 품고 살기 위해 태어났으니 무엇을 버리든 말없이 받아낸다. 하지만 언젠가부터 휴지통은 인간들을 비웃기 시작했다. 아끼고 또 아껴 버릴 때도 다시 보던 옛날과 달리 이제 좀 살 만하다고 함부로 버리는 인간들이 못마땅하기도 했다. 그리고 무엇보다 휴지통이 어이없어하는 이유가 있었다. 버릴 것과 버리지 말아야 할 것들을 구분하지 못하는 것이다. 진짜 버려야 할 무수히 많은 것들은 미련하리만치 머리와 마음속에 품고 살면서도 버려선 안 되는 것들은 가차 없이 버린다는 사실이다. 버릴 것을 버려야 휴지통의 생은 행복하다. 하지만 그러지 말아야 할 것들이 휴지통의 품속으로 들어서는 순간 휴지통은 자꾸만 달아나고 싶다.

귀 기울여 보라, 휴지통의 조언이 들릴지니.

좋아했다고 말하고 싶어

#. 0도

갑자기 얼음처럼 세상이 차가워질 때가 있다.
갑자기 얼음 녹듯 세상이 따뜻해질 때가 있다.

0도에서 얼음은 얼기도 하고 녹기도 한다.
과학의 잔재주 같은 이 불편한 진실은
그 자체로 진실이다.

무엇이 결정하는 걸까?
바로 외부 환경이다.
내려가는 중의 0도라면 어는점으로 작용해 얼음이 되고,
올라가는 중의 0도라면 녹는점으로 작용해 물이 된다.
얼음과 물은 태생은 같아도 다르다.
어떻게 하느냐에 따라 얼음이 되기도 물이 되기도 한다.

#. Better half

가장 좋아하고 아끼는 책이 있다. 채광석 전집 중에 제 3편인 《그대에게 못다 한 사랑》이다. 방황하던 고3 때 이 책을 처음 만났고 이십여 년이 훌쩍 넘은 요즘도 수시로 이 책을 펼쳐본다. 작가의 글 무엇 하나 놓칠 수 없어 그렇기도 하거니와 그가 사용한 표현이 너무나도 와 닿기 때문인데, 그중 단연 백미는 'My Dear Better Half'라는 표현이다. 사랑하는 그녀에게 보내는 편지의 첫 시작은 종종 그렇게 표현되었다. '나의 사랑하는 더 좋은 반쪽'이라는 의미가 아닐까 싶다. 그러니 그들의 사랑은, 아니 그 두 사람은 각각의 존재이기보다 이미 하나이며 그 하나를 구성하는 데 있어 더 좋은 반쪽이란 뜻이라 여겨진다. 대학교 1학년 때 만난 그녀에게 첫 편지를 쓰며 난 이 표현을 고스란히 내 것인 양 사용했다. 아마도 고3 때 읽는 내내 이 표현을 사용할 날을 기다리는 설렘이 더해져서 이 책이 더 좋았는지도 모르겠다. 그렇게 난 수백 통의 편지를 그녀에게 보냈고 지금은 내 옆에서 함께 살고 있다. 억지스럽지만 채광석 작가와 그의 책은 내 사랑을 단단하게 묶어준 셈이다. 다시 한 번 소리 내어 읽었다. My Dear Better Half!

이제는 다르게 해석된다. 더 좋은 반쪽이기도 하지만 '더 나은 반쪽'으로 말이다.

#. Code

우린 분명 색깔도 다르고 모습도 달라.
애써 닮은 점을 찾아보니
그저 시골에서 태어난 게 전부 같아.
나이도 다르고, 직업도 다르고…
다른 건 너무나 많아서 일일이 열거하기도 어려워.
그런데도 너와 난 이렇게 마주앉아
때론 애들처럼 깔깔거리고
때론 진상처럼 징징거리기도 해.
결국 알아냈어.
우린 코드가 같은 거야.
목표는 달라도 삶을 대하는 자세는 비슷했고,
나이는 달라도 사람을 대하는 법을 알았고,
도저히 무슨 모양인지는 몰라도
우린 모두 '자유'를 사랑하고 있었지.
그거면 충분했던거야.

#. Happy things

Tea

Good music

A nice read

Your smile

Kitty snuggles

Soft lips

Rainy days

Old photos

Hearing "I love you."

And u.

#. 강풀 만화 거리에서

"열심히 살게 해줘서 고마워요."

"그대를 사랑합니다."

"우린 커플룩이에요."

"이리 오렴… 그래… 그래… 수영아… 그렇구나."

"엄마한테 말해 줘서 고마워… 고마워…."

"사랑은 가장 따스한 감정으로 세상을 만나게 합니다. 좋은 꿈을 꾼 것처럼."

"유통기한 : 당신의 꿈이 이루어질 때까지 - 당신의 모든 우유."

"당신을 어떻게 안 좋아할 수 있겠어."

"사람 인연이란 게 옷깃만 스쳐도 인연이라는데…."

"가슴이 두근거린다."

"저 별 너 줄게."

"잊지 마라. 아빠는 너를 정말 사랑한단다."

"네가 나의 작은 별이었구나."

강풀 만화는 그렇게 내게 말을 걸어왔다.

#. 겨울 앞에서

가을의 끝자락이라도 잡고 싶더라고.

아직은 겨울이 싫었나 봐.

악착같이 매달린 단풍잎처럼 그렇게 버티고 싶었나 봐.

하지만 겨울은 이미 다가오고 있었어.

그렇게 가을과 겨울은 잠시 조우를 하겠지.

그리고 겨울이 성큼성큼 걸어오겠지.

또 영화처럼 계절은 바뀌겠지만

겨울에도 사랑은 계속될 거야.

넌 준비됐니?

잊지 마, 겨울에도 사랑은 계속되는 거야.

#. 고백

〈응답하라1994〉의 인기는 그야말로 놀라움 그 자체였다. 누군가는 잘 짜인 추억 팔이라고 했지만 분명 재미있었고, 돌아보게 만드는 몇 안 되는 드라마였다. 극 중에 여든 두 살이 된 삼천포의 할머니에게 칠봉이가 조심스레 물었다.

"할머니, 스무 살로 돌아가면 뭐 해보고 싶어요?"

"좋아했다꼬 말하고 싶어…."

#. 기억

자전거와 수영은 한 번 배우면 평생을 기억한다고 한다.
그런데 왜 자전거보다 사람을 더 많이 만나고,
물보다 땅에서 더 많은 시간을 보내면서도,
사람을 사랑하는 일은 이토록 자주 잊는 걸까?
사랑도 자전거처럼,
사랑도 수영처럼,
평생 잊지 않는 거라면 좋겠다.

#. 김용택, 사랑이란

2009년 어느 날 라디오에서 흘러나오는 목소리, 바로 김용택 선생님이셨다. 〈컬투쇼〉에서 퇴임 즈음 했던 이야기를 다시 한 번 구수하게 들려주고 계셨다. 차를 세우고 한 줄 한 줄 받아 적었다. 그날 이후로 종종 머릿속을 헤매기도, 가슴을 후벼 파기도 했던 그 이야기들.

"사람 욕하고 비난하는 일은 세상에서 가장 쉬운 일 중 하나다.
사람을 사랑하고 자연을 아껴라."

언제나 그저 자연의 말을 받아 적기만 했다는 선생님.
나도 가만히 귀 기울이고 싶다.

#. 남자1

영화 〈베를린〉이 500만을 넘어설 무렵 류승완 감독과 인터뷰를 할 기회가 있었다. 그중 하나의 대답이다.

A : 저는 촬영이 진행되고 후반 작업할 때 알았어요. 이 영화가 어쩌면 멜로드라마일 수도 있겠다. 결국 사람은 신념이 아니라 사람하고 살아간다는 것을 알아버린 남자, 근데 그 타이밍을 놓쳐버린 남자. 사실 가까운 사람한테 "딴사람은 몰라도 너는 나한테 그러면 안 돼." 라는 얘기 많이 하잖아요? 그니까 당이고 인민이고 조국이고 나발이고 다 나를 의심해도 당신은 그러지 말았어야 한다. 제가 볼 때는 표종성이나 련정희가 김정은한테 받은 상처보다 자기 옆에 있는 사람한테 받은 상처가 제일 컸을 거예요. 저는 그게 더 사실적인 거라고 봤어요. 그리고 마지막에 내가 찾아가겠다고 하는 게 당에 대한 문제가 아니라, 사실 그 개인의 문제로 가는 게 맞다고 생각했어요.

영화에 관한 인터뷰였는데 난 잠시 상념에 빠졌었다. 그리고 제법 오래도록 류승완 감독의 이 대답이 내 곁을 맴돌았다.
'신념으로 살아가는 게 아니라 사람하고 살아가는 것을 알아버린 남자, 근데 그 타이밍을 놓쳐버린 남자…. 그니까 당이고 인민이고 조국이고 나발이고 다 나를 의심해도 당신은 그러지 말았어야 한다.'

2 _ 좋 아 했 다 고 말 하 고 싶 어

#. 남자2

하루하루가 버거울 때가 있다.
잠드는 순간만이 유일한 해방구라 생각하며 잠을 청할 때가 있다.
그 해방구로 향하려는 순간 아내가 나지막이 말한다.

"너의 차가움을 적응하는 데 꼬박 2년이 걸린 거 같아.
늘 그런 건 아니지만 가끔은 너무 차가워 손을 댈 수가 없었어."

늘 덤덤하고 유쾌했던 아내의 말은 마치 얼음 같았다.
왜 차갑다고 진즉 말하지 않았을까?
2년씩이나 적응하려 애썼을까?
그런데 난 왜 한 번도 이런 생각을 못했을까?
해방구 앞에서 정지당한 느낌.
세상으로부터 도망갈수록 나는 차가워졌나 보다.
더 이상 해방구일 수 없던 그날 밤.
난 뒤척이지도 대답도 하지 못한 채 침묵했다.
드라마 속 대사가 스쳐간다.
"말 안 해서 모르는 남자들은 말 해줘도 몰라."
지금 이 순간까지도 나는 모른다.

#. 남자3

어느 날 카페에 새로운 손님이 나타났다. 날카로운 눈매, 짧은 머리 스타일…. 누군가를 찾는 듯한 안타까운 눈길. 형사이거나 또는 흥신소라는 생각이 스쳐 지나갔다. 구석진 자리에 앉아 커피를 후다닥 마시고 5분만에 나가곤 했다. 그렇게 하루, 이틀, 사흘…. 열흘쯤 지나자 그 손님은 속내를 털어놓았다.

"좋아하는 여자가 있었어요. 그런데 어느 날 갑자기 사라진 거예요…."

그 손님은 때론 격분하며 그 여자를 비난했고, 때론 차분한 말투로 그 여자를 칭찬하기도 했다. 나보다 연배가 많은 그 손님의 눈빛과 말투는 애타게 그 여자를 찾는 느낌이었고, 여전히 사랑하고 있었다. 처음엔 5분 만에 자리를 뜨던 그 손님은 어떤 날은 두어 시간을 나와 아내에게 속내를 털어놓았다. 동네 사람도 아니었다. 이 근처에 그 여자가 산다는 이유만으로 하루가 멀다 하고 이 동네를 찾았고, 그때마다 카페에 왔다. 가끔씩 환하게 웃으며 말할 때면 마치 소년 같던 손님이었다. 그는 지쳐갔다. 얼굴은 점점 반쪽이 되어가고, 혈색도 급격히 안 좋아졌다. 아무것도 먹을 수 없노라고 말했다. 하루도 거르지 않고 찾아오던 그 손님이 오지 않았다. 그 여자를 찾은걸까? 아니면 어디가 아픈걸까? 다음 날이 되자 그 손님이 카페 문을 열고 들어왔다. 씁쓸한 미소를 지으며 말문을 열었다.

2 _ 좋아했다꼬 말하고 싶어

"저 이젠 못 올 거 같아요. 어디 멀리 좀 가려고요."

"어디 안 좋으세요? 요양이 필요하신 거예요?"

"네, 간이 안 좋아졌나 봐요. 4기로 넘어선다는데…. 길면 1년, 짧으면 6개월이라네요."

말문이 막혔다. 잘 알지도 못하고 이름도 모르지만 정들었나보다. 마음도 아프고 안타까웠다.

"어제 그 사람이랑 통화를 했어요. 근데 말 한마디 못하고 눈물이 그렇게 나더라고요. 그때 알았지요. 제가 배신감에 그 사람을 찾으려는 게 아니라 정말 너무 보고 싶어서 찾으려고 했다는 걸요."

듣노라니 그냥 아팠다. 세상 누구나 사연을 품고 산다. 그 여자에게도 말 못할 사연이 있을 테고, 이 손님도 오로지 나에게만 진실을 말할 수밖에 없는 사연이 있으리라. 사랑, 그 무엇으로도 정의 내릴 수 없는 이 묘한 단어는 오직 울림으로만 다가오는 모양이다. 화창했던 햇살이 어느 샌가 몸을 숨기고 흙빛 하늘로 변했다. 문득 궁금하다. 그 손님은 건강하신지… 여전히 사랑하는지.

#. 단짝

치약 없는 칫솔, 팥 없는 찐빵, 바퀴 없는 자전거, 단무지 없는 짜장면,
음악 없는 카페, 김 없는 김밥, 투수 없는 야구, 학생 없는 교실, 국민
없는 나라, 나무 없는 산….
함께하지 않으면 무의미하거나 슬픈 것들이 있다. 너와 나처럼.

#. 뒷모습

뒷모습만 봐도 즐거움이 느껴지는,
뒷모습조차 그 사람의 마음이 읽히는….
내가 볼 수 없는 나의 뒷모습도
누군가에게는 메시지가 된다.

#. 딱 좋다

더도 덜도 말고 딱 좋은 것을 만나면 행복해졌다. 과하다고 더 좋은 게
아니란 걸 안 후부터는 더더욱 딱 좋은 것을 만나면 너무나 반가웠다.
딱 좋다. 네가 딱 좋다.

#. 라면

라면의 매력은 싸고 편리한 음식으로 머무를 때가 많다. 하지만 해외 여행 중에 만난 라면은 빛나는 매력을 뽐낸다.

때론 수십만 원에 달하는 호텔 요리도 이 맛을 따라오기 어렵다. 얼큰한 국물과 면발, 단돈 천 원이 주는 마법은 놀랍다.

사람도 라면과 닮았다.

화려한 스펙으로 무장한 이들보다 꼬스운 사람 냄새가 나는 이들이 더 좋다. 분명 내 앞길에는 어쩌면 호텔 요리 같은 이들이 더 도움이 되겠지만. 그럼에도 라면 같은 사람이 더 좋다. 사회적 성공과 나는 정말로 거리가 멀지도 모를 일이다. 그래도 어쩌랴, 난 네가 좋다! 고급스럽진 않아도 얼큰한 라면 같은!

#. 메모리

인간은 누구나 기억을 갖고 산다. 기억하고 싶은 것들만 간직하면 좋으련만 때론 원치 않는 것도 기억이 나곤 한다. 반대로 꼭 기억해야 할 것들은 되레 잊고 살기도 한다. 요즘은 노트북이나 스마트폰을 구입할 때면 메모리가 어느 정도인지가 참 중요해졌다. 하지만 인간의 메모리는 그렇게 단순히 구입할 수도 없고, 사람마다 정도의 차이만 있을 뿐 메모리의 용량이 크게 차이나진 않는다.

제한된 기억공간에 난 무엇을 채워 넣어야 할까? 스치듯 지나가는 사람들, 사건들, 아름다운 추억들. 그리고 기억의 극히 일부는 화석처럼 굳어서 내 머리가 아닌 가슴에 저장되곤 한다. 고마운 일들이 너무나 많다. 아주 간간이 섭섭한 기억들도 떠오른다. 그렇게 기억 속에는 이것저것 자리하고 있다.

메모리가 많을수록 좋은 걸까? 노트북 속 그 무수한 메모리에 무엇이 있는지도 모르고 지나가는 것처럼, 현재가 아닌 현실이 아닌 그저 기억으로 남는다는 게 문득 슬프게 다가왔다. 지금 이 순간 깔깔거리고 때론 부대끼는 게 참 좋은 건데… 메모리 속으로 사라지거나 묻히는 과거가 된다는 것이 서글펐다. 지난 기억이거나 추억이기 싫다. 과거이기 싫다. 그냥 지금 이 순간이고 싶다.

2 _ 좋 아 했 다 꼬 말 하 고 싶 어

#. 비밀

누구나 살면서 하나쯤 비밀을 간직하고 산다. 세상을 뒤흔들 정도의 비밀도 존재하지만, 보통 사람들에게 비밀은 들키면 큰일 나는 경우보단 간직하고 싶은 경우가 더 많다. 소소하지만 아무에게도 알려주고 싶지 않은 것, 혼자서 곱씹고 또 곱씹고 싶은 것들이 그렇게 존재한다. 더구나 과거가 아닌 현재진행형의 비밀은 설렘을 동반한다. 그 짜릿함을 이 세상 누구에게도 보이고 싶지 않은 마음, 그게 비밀이다. 너무 많으면 피곤하지만 한두 가지 비밀은 보석이 된다. 세상은 여전히 밝혀지지 않는 무수한 비밀들로 가득 차 있다.
가슴 한구석에 꼭꼭 숨은 채로.

#. 빈칸

I _____ you.

a) love

b) want

c) like

d) miss

e) hate

f) lust

가끔은 빈칸을 채우는 게 어렵다. 생각하면 할수록 들여다보면 볼수록 쉽지 않다.

오묘한 차이가 다 하나로 느껴질 때도 있고,
글자가 다른 만큼 다 제각각 다가올 때도 있다.

나는 너를….

#. 사랑하면

사랑하면,

그래서 그 사랑이 더 깊어지면 나이는 곤두박질친다.

더 멀리 가지도 못한 채 딱 스무 살로 돌아간다.

막 고등학교를 졸업하고 어른이 된 듯한 착각에 빠질 나이,

이젠 성인이라며 클럽과 19금 영화에 당당했던 나이,

그렇게 열아홉 살의 마지막 날과 스무 살의 첫날은 별 차이도 없지만

우쭐대던 나이.

사랑을 하면 딱 그 나이로 돌아간다.

#. 서랍장

내 마음엔 서랍장이 있다. 자주 여는 서랍장이 있는가 하면 언젠가부터 꼭꼭 걸어 잠근 서랍장도 있다. 계절마다 열리는 횟수가 달라지기도 하고, 낮과 밤이 서로 다르기도 하며, 세월과도 무관치 않아 보인다. 그런데 서랍장 하나가 고장이 났다. 몇 번을 닫아도 혼자 스르르 열려버린다. 온갖 잡동사니를 몰아두었던 서랍장인데 자꾸만 밖으로 기어 나온다.

낭만 한 접시, 자유 한 움큼, 사랑 한 그릇…

열쇠로 단단히 걸어 잠궈도 삐질삐질 헤집고 나온다. 달리 방법이 없어 그냥 내버려두었더니, 얼마 지나지 않아 먼지가 뒤덮였던 서랍장이 반질반질 빛이 나기 시작했다. 햇살도 내려앉고 가끔은 어깨춤을 추기도 한다. 내 마음의 서랍장은 그렇게 나에게 말을 걸어왔다.
닫지 마라.
아무리 꺼내어 써도 없어지지 않는 것들은 서랍장을 닫지 말라고.

#. 선물

막 결혼을 했을 무렵,
난 그 무엇보다 열심히 돈을 벌어야겠다고 다짐했다.
그리고 차곡차곡 저축을 했다.
아내에게 폼 나게 돈 주고, 더 폼 나게 선물도 하고 싶었다.
학생 때는 꿈도 못 꾸던 유명 브랜드도 선물하고 싶었다.
그리고 때때로 그렇게 했다.

하지만 결혼하고 십 년이 넘어서야 알았다.
아내에게 그리고 아들에게 최고의 선물이 무엇인지를….
그건 루이비통 가방도 아니었고 게임기도 아니었다.
함께 손잡고 머리 맞대고 보내는 시간이었다.
시간보다 더 큰 선물은 그 무엇도 없음을 알게 된 것이다.

어디 가족뿐이랴.
인간관계도, 친구도, 선후배도,
서로에게 줄 수 있는 최고의 선물은 시간이었다.
결국 내 옆엔 시간을 나누는 이들만 남았다.
참 다행스런 일이다.
시간을 선물 받는 일,
생각만으로도 가슴 뛰는 일이다.

#. 섹스

"우리는 우리의 선량한 본성을 털끝만큼도 의심하지 않는 누군가와
있을 때, 다른 사람들 앞에서는 창피해서 보여줄 수 없는 모습까지
드러낼 수 있는 용기를 얻는다. 다른 사람들이 보면 미쳤다고 욕하기
딱 좋을 듯한 말이나 몸짓도 과감히 내보이게 되는 것이다."

-알랭 드 보통, 《인생학교 섹스》 중에서

몇 번이고 다시 읽었다. 선량한 본성을 털끝만큼도 의심하지 않는 누
군가가 과연 존재할까? 최소한 누군가와 그런 순간이라도 존재한다면
미쳤다는 소리도 상관없는 것이 사랑이고, 사랑하는 사람과의 섹스라
말하고 있다. 부부나 연인 간에 섹스가 관계에서 차지하는 비중은 1퍼
센트가 채 되지 않는다고 한다. 다만 충족될 때는 1퍼센트에 불과하지
만 그렇지 못한 경우엔 나머지 99퍼센트를 뒤흔든다. 고개를 끄덕이며
들었던 이 이야기가 다시 다가온다. 아마도 그 1퍼센트는 수치는 작을
지언정 선량한 본성을 털끝만치도 의심하지 않는 마음이 아닐까 싶다.
그렇다면 이미 1퍼센트가 아니다.

#. 손

언젠가부터 사람을 볼 때
난 그 사람의 손을 바라보곤 한다.
다들 별반 차이 없을 손들을 보노라면
그 사람의 인생이 희미하게나마 떠올랐다.
그리고 이내 혼자 상념에 빠져든다.
저 사람은 저 손으로 무엇을 하며 살아왔을까?
빼곡하게 때론 흘날리는 글자로 어떤 편지를 썼을까?
저 손을 통해 따뜻한 체온을 전했을까?
그러다 정신을 차리고 내 손을 물끄러미 본다.
그리고 떠오르는 이 있어
손을 숨긴다.

#. 신발3

세상에는 수없이 많은 꽃신이 있다.
반짝반짝 빛나기도 하고,
본 적 없는 어여쁜 색깔이기도 한.

같은 디자인이라도 색깔에 따라 달랐고,
같은 색깔이라도 디자인에 따라 달랐다.

그 많은 신발 중 당신의 발을 감싸고 있는 건 뭘까?

빼어난 디자인도 톡톡 튀는 칼라도 아니지만
당신에게 일생을 함께하는 편한 신발이고 싶었다.

나는 그렇게 낮은 곳에서 당신의 신발이고 싶었다.

#. 아프다

아무런 말도 할 수 없는 것.
아무런 생각도 할 수 없는 것.
그래서 도무지 몸을 움직일 수 없는 것.
그냥 가슴이 아픈 것.

#. 약속 장소

약속 장소를 정할 때,

"응, OO교회 앞으로 와~."

"네, 그럼 OO중학교 앞에서 뵐게요."

"그래, 거기에 OO은행 있어. 그리로 와."

"OO식당 앞으로 오면 돼."

직업이나 좋아하는 취미에 따라 약속 장소를 정하는 방법은 달라진다. 차 없이 다니고부터는 지하철 몇 번 출구 앞이 요즘 나의 방식이 되었다. 하지만 약속 장소를 정하는 가장 기분 좋은 방법은 늘 하나다.

"응, 그때 우리 갔었던 거기로 와."

2 _ 좋 아 했 다 꼬 말 하 고 싶 어

#. 없다

법정 스님은 무소유를 말했지만 아무것도 없는 사람은 없다. 하다못해 지금 걸치고 있는 옷이라도 있고 내가 존재하는 이 땅도 있다. 자본주의 사회에서 없다는 의미는 상대적 결핍인 경우를 일컫는 경우가 대부분일 것이다. 물론 없어도 상관없는 것들이 있고, 꼭 있어야 할 것들이 없는 경우도 있다. 어쨌거나 없다는 사실은 그것이 무엇이든 유쾌한 상황은 아니다. 있으면 더 좋은 게 대부분이므로. 그럼에도 없으면 없는 대로 살아가는 게 인생이기도 하다.

하지만 못 견디게 서글픈 건 네가 없다는 사실이다. 지금 이 곳에.

#. 없어질 수 없는 것

사랑이 없으면 이별이 없고,
행복이 없으면 불행이 없고,
대답이 없으면 질문도 없고,
진짜 그럴까?

없어질 수 없는 것들이 있다.
절대 사라지지 않는 게 있다.

#. 연애

"너 나 좋아하긴 했니? 개새끼!"
"앞으로 내 눈에 띄지 마라. 죽여버리는 수가 있다."

미치도록 사랑하다 헤어진 뒤 주고받은 대화다. 물론 영화 〈연애의 온
도〉에서 등장하는 대사지만. 꼭 영화가 아니라 해도 고개를 끄덕이는
수많은 남녀가 있으리라. 그런데 나이가 들고 세상을 조금 더 살아보고
야 알았다. 진짜 이별은 말이 없다. 이렇게 악다구니가 남은 건 아직도
사랑하고 있음이리라. 그러니 제발 좀 정신 차리라는 마지막 경고인 셈
이다. 미치도록 사랑하는 만큼 미치도록 싸우기도 하는 연애, 달콤하
기만 하면 연애가 아니다. 연애는 그런 거다.

#. 연애의 기술

밀당, 남녀 사이에서 밀고 당기기의 줄임말이자 미묘한 심리 싸움을 의미한다. 밀면 밀리기 싫어 오히려 더 다가오고, 당기면 또한 당겨짐이 싫어 오히려 멀어질 때가 있다. 이 묘한 심리 싸움에 능하면 연애의 기술이 되기도 하지만 반대로 너무 밀거나 당기기만 하면 독이 된다. 그래서 밀당을 잘할수록 연애의 고수라고 한다.

그런데 과연 이게 원하는 대로 되는 게 맞는 걸까? 사랑하면 눈이 먼다는데, 사랑하면 아무것도 안 보인다는데…. 밀고 당기기가 될까? 그렇게 밀당의 고수들만 연애에 성공하고, 오랜 사랑을 유지하고, 끝내 결혼에 골인하는 걸까?

아니다. 그렇지 않다. 밀당은 결코 연애의 기술일 수 없다. 머리가 아닌 가슴이 시키는 대로 행동하고, 표현하는 게 맞으리라. 애써 숨기지도 않고, 그렇다고 과장되지도 않은 그런 사랑. 상대를 밀고 당기는 밀당이 아닌, 상대를 배려하고 존중하는 것이 연애의 기술이다.

2 _ 좋아했다고 말하고 싶어

#. 연애편지

그녀는 나에게 편지 속의 내가 가장 달콤하다고 했다.
편지 속의 나와 편지 밖의 나는 너무나 다르다고 했다.
편지 밖의 나는 로맨티시스트도 아니고 연인도 아니라고 했다.
그저 무뚝뚝한 남자라고 했다.
너는 누구냐?
정녕 편지 속의 너는 누구냔 말이다.

#. 열쇠

세상이 각박해질수록 온통 자물쇠를 채우고 있다.
급하게 화장실을 가려 해도 꼭꼭 잠겨 있기 일쑤고,
어쩌다 들른 친구의 회사는 입구부터 절차가 복잡하다.
무슨 비밀이 그리 많은지 자꾸만 꼭꼭 걸어 잠그고 있다.
그래도 눈에 보이는 자물쇠는 덜하다.
절차의 번거로움은 있어도 열려고 하면 열린다.
그런데 사람을 향한 열쇠는 없는 걸까?
이 열쇠를 넣어봐도 저 열쇠를 넣어봐도,
도무지 열리지 않은 채로 묵묵부답이다.
한때 유행했던 만능 키,
호텔에는 늘 있다는 마스터키,
그런 놀라운 능력까진 아니어도 열쇠가 필요하다.
네 마음의 빗장을 열 수 있는.

2 _ 좋 아 했 다 고   말 하 고   싶 어

#. 지울 수 없는 얼굴

냉정한 당신이라 썼다가 지우고
얼음같은 당신이라 썼다가 지우고
불같은 당신이라 썼다가 지우고
무심한 당신이라 썼다가 지우고
징그러운 당신이라 썼다가 지우고
아니야 부드러운 당신이라 썼다가 지우고
그윽한 당신이라 썼다가 지우고
따뜻한 당신이라 썼다가 지우고
내 영혼의 요람같은 당신이라 썼다가 지우고
샘솟는 기쁨같은 당신이라 썼다가 지우고
아니야 아니야
사랑하고 사랑하고 사랑하는 당신이라 썼다가
이 세상 지울 수 없는 얼굴이 있음을 알았습니다.

-고정희, '지울 수 없는 얼굴'

스무 살 언저리 연애편지에는 한 줄 한 줄 꾹꾹 눌러쓴 마음이 담겨 있었다. 더불어 시로 마음을 대신 표현하기도 했다. 수없이 썼다가 지운 당신…. 그 당신이 바로 내 옆에 있는데, 나는 과연 편지 속 마음을 잘 보관하고 있는 걸까? 사랑하고 사랑하고 사랑하는 당신이라 썼었는데….

#. 진심

"넌 아니라지만 변한 거 같아. 진심이 느껴지지 않아."

아무리 아니라고 말을 해도 믿어주지 않을 때,
믿어주지 않는 서운함에 혼자 있고 싶을 때,
아무도 없는 후미진 곳에서 내 진심에게 말을 건넨다.
'변한 거야? 진짜 변한 게 맞는 거야?'
나지막이 나에게 대답이 돌아온다.
'진심은 보고 싶은 게 아니야. 듣고 싶고 느끼고 싶은 거지.
말해 줘, 사랑한다고. 그리고 안아 줘.'

진심은 말하지 않으면,
행동하지 않으면 보이는 게 아닌 거였다.

#. 첫눈

해마다 내리는 첫눈이라 시큰둥하기도 하지만,
때 이른 겨울이 오는 거 같다고 징징대기도 하지만,
사랑하는 사람들은 안다.
새끼손가락에 물든 봉숭아를 보며 첫눈을 기다리는 마음을,
첫눈 내리면 그곳에서 만나기로 한 약속을,
그리고 첫눈 내리면 떠오르는 이 있음을,
오직 사랑하는 이들만 안다.

#. 첫사랑

가장 잊지 못할 여행 중 하나는 캐나다 오로라 여행이다. 밤마다 하늘
에서 펼쳐지는 오로라 댄싱은 그야말로 입을 다물 수도 벌릴 수도 없
을 만큼 감동 그 자체였다. 사진 촬영에 여념이 없을 때 캐나다 여행자
가 나에게 다가왔다. 밴쿠버에서 왔다는 그녀와 이런저런 이야기를 나
누기 시작했다.

"결혼은 하셨나요?"
"네, 물론이에요. 이제 3년 정도 됐어요."
"남편은 안 오고 혼자 온 거예요?"
"그러는 Mr.Kang은 왜 혼자예요? 여행을 꼭 같이 다녀야 하는 건 아
니잖아요?"
뜬금없지만 갑자기 궁금해졌다.
"남편은 첫사랑인가요?"
"네, 첫사랑입니다."
"와 대단한걸요. 너무 멋져요. 첫사랑과 결혼까지 이어진다는 건 정말
멋진 일 같아요."
"잠시만요, 첫사랑의 의미가 뭔가요?"
"네? 첫사랑은 그냥 첫사랑인 거죠…."
"사랑과 섹스는 다른 거죠?"
"그건 사람마다 다르지 않을까요?"

"저는 다르다고 생각해요. 섹스와 사랑이 동일한 거라면 첫사랑은 아니에요. 하지만 난 다르다고 생각했고 그렇다면 첫사랑이 맞아요."

잠시 당황스러웠지만 그녀의 말이 전혀 엉뚱하다는 생각은 들지 않았다. 누구나 생각은 다른 거고… 다만 이렇게 처음 보는 누군가와 사적인 이야기를 주고받는 게 오히려 재미있었다. 숙소로 돌아와 곰곰이 대화를 곱씹었다. 첫사랑, 늘 로맨틱하고 아름다웠던 그 단어가 참 현실적으로 다가왔다. 그냥 첫 번째 사랑인 거구나.

#. 체취

일 년에 서너 번씩 홍콩에 간다. 공항에 도착하면 홍콩 특유의 냄새들이 가장 먼저 나를 반긴다. 나라마다 도시마다 냄새는 달랐다. 처음엔 그저 음식 탓이려니 여기기도 했고, 때론 왜 건물조차도 냄새가 다를까 궁금했던 적도 있었다. 하지만 시간이 지나면서 사람들의 냄새가 모여서 나는 걸지도 모르겠단 생각을 했다. 저마다 다른 체취를 지닌 사람들, 굳이 공통점을 찾자면 나라마다 도시마다 또 다르리라. 눈에 보이는 걸 넘어 냄새로 도시를 느끼고 사람을 느낀다는 건 적잖은 행복이다. 그만큼 많이 알고 관심을 기울인다는 방증이기도 하기에.

더구나 누군가에게 악취로 다가서기도 하고, 누군가에게 불편한 냄새일지라도 향기롭게 느껴지면 더더욱 그렇다.

#. 취향

얼마 전 호평일색이던 영화를 보았다. 그리고 오랫동안 큰 인기를 누리던 책도 읽었다. 그 영화도 책도 분명히 내 취향에 잘 맞을 거라 기대했었다. 하지만 말로 표현하기 힘든 묘한 실망감에 휩싸였다. 아쉬움이었을까, 혹은 주류로부터의 소외감이었을까. 그 영화와 책을 추천해 준 사람들은 거기서 어떤 의미를 찾았는지, 그들은 왜 그렇게까지 그 작품을 좋아한 건지 이해해보려 했지만 이내 관두었다. 모두에게 사랑받는 사람보다 내가 사랑하는 한 사람을 위해 평생을 걸게 되는 것처럼, 취향에 관해서는 이해하지 못할 것 투성이니까.

모든 취향은 주관적이다. 취향은 말 그대로 옳고 그름도 없고, 더 낫고 부족함도 없다. 사람의 마음을 이끄는 그 무엇에 공통적인 매력이 있기에 인기 있는 영화도 책도 있는 것이겠지만, 살면서 그 무엇보다 소중히 여기게 되는 건 세상의 잣대보다 내 취향을 자로 잰 듯 다가와 나에게 의미가 되어준 무엇이다.

그때 그곳에 흘러나오던 노래, 내 가슴을 먹먹하게 울린 영화, 누군가를 위해 조용히 읽어주던 시, 그리고 기막힌 타이밍에 내 앞에 나타난, 딱 내 취향의 한 사람.

#. 키스

"사실, 키스에서 느끼는 흥분의 상당 부분은 육체적 행위의 차원과는 별로 상관이 없다. 오히려 상대방이 자신을 정말 많이 좋아하고 있다는 메시지를 깨달으면서 흥분이 생겨난다."

알랭 드 보통은 키스에 대해 이렇게 말한다. 살면서 누구나 한 번쯤 키스를 한다. 첫 키스의 추억은 오래도록 잊히지 않는 화석이 되기도 한다. 분명 그렇게 사랑했고 키스를 했던 시절이 있었다. 살다 보면 키스란 단어가 낯설어질 때가 있다. 마음만은 늙지 않으리라 다짐하지만, 행위의 젊음 없는 다짐들은 공허한 메아리로 돌아온다.

2 _ 좋 아 했 다 꼬   말 하 고   싶 어

그렇게 아버지가 된다

#. 17년

"우리 엄마보다 너랑 더 오래 살았어."

커피 한 잔 마시며 아내가 나에게 건넨 말. 그러게, 어느덧 17년이 흘렀다. 신혼부터 7~8년은 미친놈마냥 술을 마셔댔고, 어떤 직장도 느긋이 다니지 못했다. 은행원으로 시작된 직장 생활은 이후 증권사, 카드사, 보험사를 거쳐 프리랜서로 이어졌고, 여전히 1인 사업자를 하고 있으며 이제 아내와 함께 카페를 내기에 이르렀다. 17년, 그 누가 이 오랜 세월을 나 같은 놈 옆에서 머물러줄 수 있을까. 절로 고맙다. 남들은 내 인생을 보며 자유로운 영혼에 마음껏 글 쓰고 사진 찍는다며 부러워하지만 보이는 게 전부는 아니다. 때론 통장 잔고가 바닥을 보이기도 하고, 때론 아내와 말다툼을 하기도 했다. 성질 못된 남편에 안정적인 직장 생활을 못하는 남편인데도 아내는 믿어주었다.

지금 생각해보니 난 잘 살아낸 것 같다. 순전히 아내 덕분에. 아내는 그 반대이리라. 나 때문에 쉽지 않은 결혼 생활이었을 것이다. 어린 날 연애편지에는 잘해주겠다고 쓰고 또 쓰고 했건만… 공염불이 되고 말았다. 인생을 알아가니 이젠 약속하기도 창피해진다. 하지만 늘 마음은 하나다. 지금까지 살아온 17년처럼, 그리고 조금이라도 더 나아질 17년을 맞이할 거란 믿음. 부모보다 더 오랜 세월을 함께 보낸 아내이자 친구이자 동지.

고맙다.

#. 고향집

대관령으로 접어들면 고향에 다다른 느낌이 시작된다.
그리고 바다를 바라보면 그 느낌은 깊어진다.
고향집에 왔음을 완벽하게 느끼게 하는 삼박자가 있다.
첫 박자, 엄마는 어미 새가 새끼에게 모이를 주듯 끝없이 밥을 주고 마
치 오랫동안 아들이 굶기라도 한 것처럼 음식 폭탄을 쏟아낸다. 돌아
서면 또 다른 음식이 눈앞에, 그리고 내 입속으로 들어온다.
두 박자, 그렇게 주고도 엄마는 부족하다. 뒷마당에 잘 묻어두었던 물
김치를 싸주고 빈 통마다 음식들을 채워 넣는다.
세 박자, 도착했을 때와 떠날 때 엄마는 마흔 넘은 아들을 뜨겁게 안
아주신다.

나는 고향집에 있다.

#. 그렇게 아버지가 된다

두 아버지, 한 아버지는 대기업에서 승승장구하며 실패를 모르고 살아온 사람이다. 거기다 배우 뺨치는 외모로 잘생기기까지 했다. 또 다른 아버지는 허름한 차림으로 시골에서 철물점을 운영하며 근근이 살아간다. 한 아버지는 로봇이 고장나면 새로 사라고 말을 하고, 다른 아버지는 일일이 고쳐준다. 한 아버지는 일요일도 바쁘게 일하지만 다른 아버지는 '내일 할 수 있는 건 오늘 하지 말자'는 주의다. 자신의 성공과 더불어 가족에게 돈을 안겨주는 게 최선이라 믿는 아버지와 연날리기를 하고 같이 목욕하며 돈보다는 '시간'이 최선이라 믿는 아버지가 있다. 일본 영화 〈그렇게 아버지가 된다〉에 등장하는 두 아버지가 대화를 나눈다.

"같이 목욕을 안 한다면서요?"
"우리 집은 혼자 할 수 있는 건 혼자 하자가 규칙입니다."
"규칙이라면 도리 없지만 아이들에게 가장 중요한 건 시간이지요."
"제가 아니면 할 수 없는 일들이 많아 시간이 없습니다."
"아버지란 일도 아버지가 아니면 아무도 못하지요."

바쁘고 또 바쁘지만 그 바쁜 이유가 무엇인지를 들여다보면 결국은 가족이다. 시간을 내어야 한다. 없으면 만들어서라도 내놓아야 한다.

#. 길

한참을 걸었다고 생각했다.
뒤돌아보지 않고 묵묵히 걸었는데
앞만 보고 걸었는데
착각이었다.
이제 막 시작점을 벗어나는 나를 발견했다.

혼자라면 갈 수 없는 길
함께라서 갈 수 있는 길
그래서 좋았다,
많이 남은 그 길이.

더 오래도록 함께할 수 있으니
수다 떨며 갈 수 있으니
다행이다.

#. 나에겐 엄마가 있다

엄마는 종종 서울에 오신다. 다른 일로 왔다가 오랜만에 아들 집에서 하룻밤 묵기 위해 칠순이 된 엄마는 물어 물어 찾아오셨다. 미팅이 있던 터라 내가 마중 갈 수 있는 건 집 근처 역이 전부였다. 당신을 위해 그 짧은 거리를 마중 나왔는데도 좋아해주신다. 저녁 식사를 하고 엄마와 간단히 맥주를 마셨다. 잠시 후 아들 녀석이 내게 손을 내밀었다.
"아빠, 할머니가 나 용돈 주셨어."
오만 원이었다.
칠순의 엄마는 작은 옷집을 하고 계신다. 내가 여섯 살 무렵 했던 옷가게를 40년이 넘어 다시 하신다. 아침 일찍 남대문에 물건 떼러 간다며 길을 나서셨다.
"차비하세요, 어머니. 죄송해요. 너무 적어요."
엄마는 아들과 며느리의 억지에 받아 넣으셨다. 차가 조금 막혀서 40분이 걸려 남대문에 도착했다. 차에서 내린 엄마는 말했다.
"고마워 아들, 그리고 차 뒷자리에 기름값 놔뒀다. 조심히 들어가."
할머니에서 손자에게, 며느리에서 시어머니에게, 다시 엄마에서 아들에게 그렇게 돈은 돌고 돌아 결국 내게로 왔다. 돌아오는 길, 괜스레 눈물이 났다.

나에겐 엄마가 있다.

#. 눈물

나는 눈물에 관해선 철저히 이중적이다. 사람들 앞에선 절대 울지 않지만 혼자 있을 땐 울보다. 스무 살 무렵엔 학교 뒷산에서 소주를 한잔하며 울기도 했고, 서른을 넘어선 만만치 않은 인생에 엄마에게 전화를 걸어 말을 잇지도 못한 채로 울기도 했으며, 서른 중반엔 지방 출장을 다녀오다 고속도로 갓길에 차를 세우고 목 놓아 울기도 했다.

글을 쓰면서도 눈물을 흘리곤 한다. 참 묘하다. 글 속 눈물을 사람들은 어떻게든 알아차린다. 내가 울컥하면 글을 읽는 이도 울컥하고, 눈물이 흐르면 그들 역시 눈물이 흐르는가 보다. 결국 사람에게 눈물은 말로나 이론으로 설명하긴 어렵지만 공통분모가 있는 건 분명해 보인다.

3년 전 동생이 미국으로 향하기 전 동네 술집에서 소주를 한잔했었다. 떠나는 동생에게 뭐 하나 변변히 해주지도 못해서 미안했는데… 동생은 울었지만 난 웃었다. 웃으면서 계속 동생을 달랬다.

"네가 미안할 게 뭐 있누. 내가 미안한 거지… 울지 마. 임마."

애써 태연한 척 웃으면서 동생에게 농담을 던져보기도 했지만 내 볼에도 하염없이 눈물이 흘렀다. 우리는 눈물을 통해 세상에 하나밖에 없는 형제임을 증명하고 있었다.

울지 마라,

다만 꼭 울어야 할 땐 목 놓아 서럽게 울어라.

#. 미끼

잠들기 직전 나타나는 모기는 여간 성가신 게 아니다. 나도 물리고, 아내도 물리고, 그러고도 성이 차지 않으면 아들 방으로 향하기도 한다. 그럴 때 아내는 불을 켜고 모기를 잡기 위해 투사로 변신한다. 그리고 나에게 나지막이 말한다.
"움직이지 마. 너 물러 올 때 잡아야 해. 쉬…"
이럴 때 난 모기를 잡기 위한 '미끼'가 된다. 가족을 위해서라면 뭐…
세상에서 가장 기분 좋은 미끼다.

#. 보따리

고향에 갔다 돌아오는 길이면 엄마도 장모님도 보따리를 잔뜩 싸주신다. 내가 좋아하는 물김치도 있고, 데친 문어도 있고, 다양한 반찬들도한 가득이다. 아버지들도 보따리에 가세하신다. 어디서 난 건진 모르겠지만 인스턴트커피도 싸주시고 안 먹는 술이라며 오래된 양주도 한 병넣어주시고 가끔은 잘 먹지도 않는 껌 한 통도 잊지 않으신다. 젊었을땐 필요한 것만 담고 보따리 대부분은 두고 온 적이 많았다. 차 없이고속버스로 돌아올 땐 여간 곤혹스러운 게 아니었다. 하지만 이젠 주시는 대로 다 받는다. 나도 부모가 된 이후로 어떤 마음인지 헤아릴 줄알게 됐다. 필요하든 안 하든 기쁜 마음으로 환하게 웃으며 받는다. 잘먹었노라고 전화 드리는 것도 잊지 않는다. 그렇게 보따리 안에 당신들의 사랑을 꼬깃꼬깃 담는다는 걸 알게 된 것이다.

인터넷 창에 '보따리'란 검색어가 보여 클릭해보니 치매 할머니에 관한이야기였다. "우리 딸이 애를 낳고 병원에 있다."는 말만 반복하시던 할머니는 정작 자신의 이름도 딸의 이름도 기억해내지 못했다. 보따리 안에는 출산을 앞둔 딸을 위한 미역국이 가득 들어 있었다고 한다. 결국수소문 끝에 할머니는 딸에게 돌아갔다. 보따리는 사랑이다. 젊었을땐 알 수 없었던 깊은 사랑.

3 _ 그 렇 게 아 버 지 가 된 다

#. 설거지

23일간의 프랑스 여행 동안 우린 수시로 밥을 해먹었다.
돈을 절약하며 한식을 먹는 기쁨도 컸지만, 한편으론 여행 와서까지
밥하고 설거지하는 아내에게 못내 미안했다.
"설거지는 내가 할게."
저녁 식사가 끝나면 난 설거지를 했다. 그런데 며칠이 지나자 아내는
설거지를 한사코 말렸다. 막상 하는 내 모습을 보니 괜히 또 안타깝단
다. 멈칫하는 나를 보며 아들이 의미심장한 말을 했다.
"아빠, 그럴수록 더 해야 해. 평소에 안 하니까 설거지하는 게 어색해
보이는 거잖아. 자꾸 하면 엄마가 더 편하게 맡길 수 있을 거야."
그러게. 평소에 얼마나 안 했으면… 다시 설거지를 하며 난 도대체 몇
점짜리 남편인가 싶었다.

#. 식구

1990년 어느 가을날 난 아내를 만났다. 스무 살 꽃다운 여대생은 내 마음을 훔쳤고 그렇게 친구처럼 연인처럼 지내다 결혼했다. 2000년 봄날, 우리에겐 세상에 하나밖에 없는 아들이 태어났다. 적지 않은 세월을 맞벌이 부부로 살아왔고, 아내는 암이라는 불편한 친구를 잠시 만나기도 했다. 네 살 난 아들이 시골에서 갑자기 쓰러졌단 소식에 눈물을 삼키며 고향을 향한 기억도 있다. 그럼에도 잘 살아냈다. 우린 건강했다. 무엇보다 마음이 건강한 가족으로 함께했다.

23일간의 프랑스 여행도 나 혼자였으면 하지 못했으리라. 아내에 기대고 즐거워하는 아들에 기대어 거기까지 다녀왔다. 예전처럼 돈을 향해 무작정 걸었다면 가지 못했을 곳이었다. 어차피 한 치 앞을 모르는 인생, 더 많이 느끼고 더 많이 보고 더 많이 부대끼며 살아야 한다고 믿었다.

가족이란 이름으로 묵묵히 걸어가고 있는 우리. 어찌 불안함이 없을까? 두려움이 없다면 거짓말이겠지만 우린 두려움보단 도전으로, 돌아보기보단 서로를 부둥켜안는 데 동의하고 있다.

가족이란 이름으로, 우린 그렇게 머나먼 프랑스의 한 퍼즐이 되었다. 모두 웃고 있었다. 그거면 충분한 거 아니던가. 우리는 식구다.

#. 아내의 뒷모습

무슨 인연이었을까? 스무 살 언저리에 만나 8년 정도 연애하고 결혼했다. 시댁도 친정도 가진 것은 오로지 좋은 부모의 마음뿐. 남편인 나는 안정된 직장을 수시로 바꾸고 몇 년 전부터는 맨땅에 헤딩하듯 자유로움을 선택했다. 그래도 단 한 번 투정을 부리지도, 잔소리도 하지 않았다. 그나마 간간이 떠나는 여행만이 아내의 마음을 달래줬는지도 모르겠다.

파리 가출, 굳이 여행이 아닌 가출이라 표현하는 이유는 최소한의 비용으로 많은 것을 해결해야 했기 때문이다. 아침저녁을 해먹고 설거지하고 빨래까지 하고…. 집에 홀로 남겠다는 아들을 두고 아내와 나란히 공원 산책을 나갔다. 두 팔을 번쩍 올리고 걸어가는 아내의 뒷모습에 나도 모르게 마음이 짠해진다.

아내는 나를, 나는 아내를 가엽게 여기기 시작했다. 진짜 부부가 되어가나 보다.

#. 앞구르기

가만히 앉아 있어도 더운 여름날, 좁은 거실에 두꺼운 매트를 깔고 그 위에 다시 얇은 이불을 편다. 친구들 다 하는 앞구르기가 아들만 되지 않는다. 이 더위에 내가 먼저 나서 시범을 보이고 아내도 몇 번을 구른다. 하지만 아들은 안 된다. 속상한 아들 마음도 모른 채 웃음보가 터진다.

포기하자고 했다. 40년을 넘게 살면서 단 한 번도 앞구르기 할 일은 없었노라고. 그만두자고 했다. 안 된단다. 이런 빌어먹을… 수행평가 점수란다. 다시 말했다. 그냥 수학 문제 하나 더 맞으면 되지 않겠냐고. 싫단다. 끝까지 해보겠단다.

앞구르기 잘하는 법을 인터넷에 검색해보면 한숨만 나온다. 맞다, 누굴 탓하겠는가. 다 운동과는 거리가 먼 유전자를 가진 어미와 아비의 탓이거늘….

아들아, 앞구르기 못해도 괜찮다. 넘어지고 자빠지고 까지는 일들이 인생에는 더 허다하더라. 그냥 그때마다 주저앉지 말고 일어서는 용기만 가져다오.

끝내 굴렀다. 앞으로도 구르고 뒤로도 굴렀다.
장하다, 내 아들!

#. 엄마

엄마가 전화하셨다. 오이지를 좋아하는 내게 보내는 김에 더덕도 함께
한 박스 택배로 붙이셨다고.
"요즘 문어가 참 좋던데 그것도 줄까?
김치는 있나? 요즘 뭐 해서 밥 먹나?
카페 구석에 서서 먹지 말고
편하게 그냥 테이블에 앉아 먹어, 알았지?"

기억 속 엄마의 말은 내가 초등학생일 때도 이러했고, 나이 마흔이 넘
은 지금도 변함이 없다. 엄마의 마음은 다 그런 건가. 세상이 아무리
변해도 변치 않는….

#. 엄마로 산다는 것

아이를 깨우며 하루를 시작하고
하루 세끼 먹이고 씻기고 빨래하고,
잠시 혼자가 되면 다시 설거지하고 청소하고….
움직이는 지하철 안에서도 쉼 없이 그다음을 걱정하는 것.
왜 이렇게 사냐고 물으면,

아이들만은 나처럼 살지 않기를….

3 _ 그 렇 게   아 버 지 가   된 다

#. 엄마 손

어린 날 나에겐 아주 큰 궁금증이 하나 있었다. 왜 우리 엄마는 늙지 않을까? 그랬던 울 엄마가 어느덧 칠순이 넘었다. 지난 추석 엄마는 내 새끼손가락에 봉숭아 물을 들여주셨다. 그 참에 엄마 손을 사진에 담았다. 그리고 어쩔 수 없이 보게 된 자글자글 주름진 엄마 손. 아마도 저 주름 대부분은 못난 아들이 만들었겠지. 그렇게 생각하니 마음 한편이 올컥했다. 못생긴 아들에게 우리 아들 제일 잘생겼다고 말해주는 엄마, 능력 없는 아들에게 제일 똑똑하다 말해주는 엄마, 전화라도 드리면 우리 아들 효자라고 말해주는 엄마. 세상 살면서 좀처럼 듣기 어려운 말들을 엄마는 입버릇처럼 말씀해주셨다. 그런 흰소리들은 내게 세상을 살아가는 힘이 되어주었다. 마흔이 넘어선 아들이 시골집에 가면 냉큼 달려와 꼬옥 안아주는 엄마, 왜 그때마다 그렇게도 뭉클한지….

언젠가부터 이 포옹이 얼마 남지 않은 건 아닐까, 하는 두려움도 종종 찾아든다. 키보드를 치다가 내 새끼손가락을 다시 바라보았다. 아직 봉숭아 물이 남아 있다. 내가 아는 봉숭아는 첫눈 오는 날까지 남아 있으면 소원을 들어준다고 했다. 부자가 되는 소원도 필요 없고, 명예를 얻는 소원도 필요 없다. 주름살 가득한 엄마 손 오래도록 건강하게 지켜주었으면, 그래서 여전히 시골에 가면 안아주고 손잡아주셨으면, 예쁜 우리 엄마 손에 용돈 한 번 가득 담아드렸으면, 아들 걱정에 눈물 흘리지 않았으면….

#. 제육볶음

"오늘 저녁에 뭐 먹고 싶은 거 있어?"

"응, 제육볶음."

아내의 이 질문에 난 십여 년을 넘게 한결같은 대답을 해오고 있다. 마치 다른 음식은 모른다는 듯 계속해서 제육볶음을 외치고 또 외친다. 고추장 양념과 돼지고기의 얇은맛이 일품이기도 하지만 내가 좋아하는 이유는 따로 있다. 어렸을 때 할머니는 한 달에 한 번쯤 특별 요리를 해주셨는데 그게 바로 제육볶음이었다.

할머니만의 독특한 레시피가 있었다. 물이 자박자박했고 살보다 비계가 더 많았던지라 기름이 둥둥 뜨는데도 입안에 들어가면 살살 녹았다. 요리로 둘째가라면 서러운 울 엄마도 그리고 아내도 그 맛을 재현해내진 못했다. 오롯이 할머니의 손맛으로만 가능했다. 아껴 먹어야 한다며 소시지도 간장에 절여주시고, 거의 매번 도시락 반찬은 무말랭이었던 시절, 제육볶음을 먹는 날이면 그 모든 것들이 다 사라지고 밥상 위 파라다이스를 경험했던 것이다.

"천천히 먹어. 나중에 국물 남겨뒀다가 또 해줄게."

식탐이라곤 없는 내가 유일하게 서둘러서 먹던 음식, 아내는 매번 같은 대답을 하는 나를 딱하게 쳐다보지만 난 먹을 때마다 할머니를 떠올린다. 나에게 제육볶음은 음식을 넘어 할머니의 다른 이름이다. 가끔은 울컥하고, 가끔은 너무나 보고 싶은 할머니.

"할머니, 저 잘 살고 있어요."

#. 청춘다방

여섯 살 꼬마 아이 손을 잡고 아버지는 낚시하러 가는 걸 즐기셨다. 그 꼬마가 이젠 불혹을 넘겼으니 아버지도 어느새 칠순을 훌쩍 넘기셨다. 야속하리만치 빠른 세월이지만 어쩔 수 없는 일이다. 그렇게 꼬마는 청춘을 거쳐 중년이 되었고, 그보다 더 오래전 청춘이던 아버지는 이제 노신사가 된 셈. 부자는 모두 청춘을 지나쳤다. 각자의 청춘이 어떤 모습이었는지는 알 수 없지만 분명 그렇게 푸르고 푸르던 청춘은 다시 건널 수 없는 강이 되었다.

얼마 전 서울에 오신 아버지는 황학동을 다녀오겠노라 하셨다. 시골에서 활동하는 시니어클럽이 있는데 강릉커피축제에 참여하게 되셨단다. 칠순이 넘은 분들이 바리스타가 되어 당당하게 한자리를 차지하고 손님을 맞이하는 것이다. 그래서 지은 이름이 '청춘다방'이었고 그 콘셉트에 맞춰 오래전 교복을 구하러 오셨단다. 정년퇴직을 하고 한동안 힘들어하시던 아버지는 시니어클럽 활동 이후로 다시 예전의 모습으로 돌아갔다. 밝고 에너지 넘치는 아버지로.

사진이 첨부된 한 통의 문자가 왔다. 강릉커피축제에 참여한 '청춘다방' 앞에서 까만 교복과 모자를 쓰고 찍은 사진을 보내오셨다. 환하게 웃고 있는 모습에 괜스레 울컥했다. 그렇게 아버지는 그때 그 시절 청춘으로 돌아가셨다. 마음을 가라앉히고 다시 사진을 보니 아버지가 나에게 한마디 건네는 듯했다.

"넌 아직 청춘이야. 힘내, 다 좋아질 거야."

#. 타다

가을을 타다.

여기저기서 가을 타는 남자들, 여자들, 사람들이 나타난다. 난 언제부터 가을을 탔을까? 가만히 생각해보니 군 제대 후 서른 중반까지 쉼없이 가을을 탄 것 같다. 괜히 쓸쓸했고, 괜히 우울했고, 괜히 센치했다. 분명 그렇게 가을을 타곤 했다. 그런데 몇 년 전부터 가을을 타는게 어떤 느낌인지 기억이 나지 않았다. 분명 10년 넘는 세월동안 가을을 탄 거 같은데….

가을보다 내 가슴이 더 새까맣게 타는 느낌이었던 것 같은데, 마치 기억상실증이라도 걸린 양 기억나지 않았다. 더더욱 신기한 건 그 시절이 나름 내 인생의 황금기라 돈도 좀 벌고 안정된 직장도 있었는데, 심지어 젊기까지 했던 시절이었는데? 물질적으로는 사실 더 곤궁해진 요즘, 난 왜 가을 타는 걸 멈춘 걸까?

몇 년 만에 아르바이트 삼아 일 나간다는 아내의 등에서,

사슴처럼 초롱초롱 눈망울로 날 바라보는 아들의 눈에서,

나는 그 이유를 발견해냈다.

가을 탄다는 건 여유롭다는 건 아닌지,

가을 탄다는 건 또 다른 사치는 아닌지,

난 지금 정신 바짝 차리고 살아야 하는 아비인 것을 알았다.

가을 아닌 발바닥이 다 타도록 달려야 하는 가을이다.

3 _ 그 렇 게   아 버 지 가   된 다

어차피 인생은 아무도 모르는 거

#. 1m

세상은 멀리 더 멀리, 높이 더 높이 보라고 강요한다. 그래야 하는 줄로만 알았다. 어느 날부터 내 주변 1미터 안을 찬찬히 들여다보았다. 매번 별 생각 없이 만나는, 아니 만난다는 사실조차 망각한 채로 그렇게 스쳐 지나가는 것들을 보기 시작했다. 연필도 있었고, 노트북도 있었고, 책도 있었으며 음악도 있었다. 그리고 무엇보다 사랑하는 사람들이 있었다. 1미터 안에 있는 많은 것들이 결국은 내 삶이라는 것을 알아채는 데는 오랜 시간이 걸리지 않았다. 다만 그렇게 1미터 안으로 돌아 오기까지 참 멀리도 돌아왔고, 많이도 헤맸다.

멀리도 좋고, 높이도 좋다.
하지만 1미터를 놓친 후엔 그건 그저 신기루다.

#. Chance

Can	할 수 있다는 자신감이 필요하다.
Humble	물론 겸손하게 받아들여야 한다.
Ability	기회를 살리기 위해선 평소 능력을 만들어야 한다.
Now	지금이 중요하다는 것도 잊어선 안 된다.
Catch	잡을 수 있을 때 잡아야 한다.
End	어쩌면 마지막일 수도 있으니까.

당신의 찬스(Chance)는?

4 _ 어차피 인생은 아무도 모르는 거

#. T자 그래프

인생을 살아낼수록 헷갈리는 경우가 생긴다. 그럴 때는 어김없이 T자 그래프를 그린다. 왼쪽엔 안 좋은 것들을 생각나는 대로 적고, 오른쪽엔 좋은 것들을 또 빠짐없이 적어본다. 그리고는 양쪽에서 하나씩 지워나간다. 결국 둘 중 어느 한쪽은 단 한 개라도 남고 다른 한쪽은 모두 지워지게 된다. 좋은 게 많으면 그대로 지속하고, 안 좋은 게 많으면 바로 멈춘다. 아주 자잘한 경우에 이렇게 하기도 하고, 큰일을 앞두고 이렇게 할 때도 있다. 물론 이 모든 걸 뒤로하고 직감에 의존할 때도 있지만. 요즘 부지런히 오른쪽과 왼쪽을 채워가며 적어보는 중이다. 과연 좋은 건지, 아닌 건지, 냉정하게 한 발짝 뒤로 물러나 살펴본다. 누굴 위한 건지, 모두에게 즐거운 건지, 그렇지 않다면 뭐가 문제인지…. 이번에도 T자 그래프는 나에게 답을 줄까?

#. 감자적

세상에서 가장 좋아하는 음식 두 가지. 하나는 제육볶음이고 다른 하나는 '감자적'이다. 사실 감자적은 강원도 사투리다. 감자와 부침개의 사투리인 '적'이 합쳐져 만들어진 말이다. 굳이 감자전이 아닌 감자적을 좋아하는 이유가 있다. 어려서부터 많이 먹었던 감자인지라 추억을 먹는 즐거움도 있지만, 그 매력은 무엇보다 특유의 맛이다. 감히 엄두도 못 낼 맛이 존재한다. 중요한 건 사람이 직접 손으로 강판에 갈지 않으면 안 된다. 그렇게 강판 밑에 깔린 녹말을 아주 적절히 반죽해야 비로소 쫄깃한 감자적이 완성된다. 치즈 넣고 퓨전이라 해서도 안 되고, 어설픈 야채를 넣고 이름을 붙여도 안 된다.

요즘 서울 같은 도시는 물론 내 고향에서도 감자적을 전문으로 하는 곳은 찾기 어렵다. 좀처럼 변화를 싫어하는 감자적의 고집을 꺾기가 쉽지 않기 때문이다. 더구나 미리 갈아 놓을 수도 없는 노릇이다. 녹말로 인해 쉬이 색깔이 변하니 말이다. 내가 감자적을 좋아하는 이유다. 변화를 주면 안 되기에, 사람의 손길이 닿아야 하기에, 빠르게도 안 되고, 미리 해놓는 건 상상할 수 없기에 더더욱 좋다.

그래서 감자적만큼은 감자전이라 쓸 수 없다. 가끔은 이렇게 변하지 않는 게 있다는 사실만으로도 감격하며, 나는 감자적을 먹는다.

4_어차피 인생은 아무도 모르는 거

#. 거울

거울에 참 관심이 많다. 틈나는 대로 관련된 이야기를 하나둘 모으고 있다. 언젠가 기회가 된다면 거울 이야기만으로 책을 써보고 싶은 마음도 있다. 거울과 엘리베이터, 거울과 카지노, 거울과 백화점, 거울과 전화, 거울과 백설 공주 등등…. 거울은 정말 수많은 이야기를 품고 있다. 그중 하나만 언급하자면, 카지노엔 거울이 없다. 도박에 미친 사람일지라도 거울을 보는 순간 스스로도 한심하게 여기는 심리가 작용해 도박을 멈추게 한단다. 카지노 입장에선 반가운 일이 아니니 거울을 놓아둘 리 없다.

수많은 거울 이야기 중 다수는 인간의 '조급증'과 관련이 있다. 그 증상을 멈추게 하거나 완화해주는 게 거울인 셈이다. 세상을 살다 보면 조급해하는 사람들을 어렵지 않게 본다. 어쩌면 인간이니 당연한 건지도 모르겠다. 하지만 그 조급함은 고스란히 드러나 상대까지 인상을 찌푸리게 만들기도 한다. 얼굴이 아닌 마음의 잡티를 보기 위해 거울 앞에 앉으면 상당 부분 해소된다. 사실 스스로도 너무나 잘 알고 있다. 다만 외면하고 싶을 뿐.

하루에 몇 번 거울을 볼까?
한 번쯤은 거울 속 자신에게 말을 걸어볼 일이다.

#. 거짓말

때때로 거짓말 같은 풍경이 내 눈앞에 펼쳐진다.
어느 쪽이 진짜고 어느 쪽이 가짜인지 모르겠다.
가끔은 거짓말이 더 좋다.

#. Edit

옛날엔 사진이 인화되기까지 그 결과를 볼 수 없었다.
사진을 찍은 후 적어도 며칠의 기다림이 필요했다.
조급함이 아닌 설렘으로 기다리는 시간,
그리고 다시 떠올리는 순간들….

디지털의 등장으로 모든 게 빨라졌다.
마음에 안 들면 바로 지워버리는 세상.
흔들려도 지우고 구도가 별로여도 지웠다.
잠시의 망설임도 없이,
잠시의 아쉬움도 없이,
맞았는지 아닌지도 모른 채로….

여전히 느린 아날로그는,
빠른 디지털을 앞서고 있는지도 모를 일이다.

#. SNS

소셜 네트워크 서비스(Social Network Service), 다양한 SNS가 등장하고 있고 누구나 한 번쯤 해봤을 정도로 선택이 아닌 필수가 되어가는 느낌도 지울 수 없다. 오늘은 뭘 먹었고, 어디를 갔고, 무엇을 샀는지 자신의 일상을 고스란히 토해낸다. 굳이 내가 아닌 누군가의 이런 사생활까지 알아야 하나 싶지만, 그렇다고 안 하면 왠지 아쉬운 존재가 되었다. 누군가는 페이스북은 자랑하는 공간이 되었고, 트위터는 정치설전의 장이 되었노라고 말한다.

기업들부터 자영업자까지 마케팅 공간으로도 자신의 재능을 알릴 수 있는 공간으로도 자리한다. 순기능을 잘 활용하면 틀림없는 신세계다. 다만 시간이 갈수록 SNS의 활성화는 왠지 모를 불안함으로 다가온다. 오랜만에 친구를 만나도 스마트폰을 만지작거리고 있고, 중요한 회의에서도, 수업시간에도 취미가 아닌 중독이 되어가고 있는 셈. '좋아요'가 많으면 기분이 좋아지고 적으면 우울해진다. 주객이 전도된 상황이 도를 넘어서고 있다. 이런 글을 쓰는 나 역시 다르지 않다. 이미 너무 깊숙이 삶 속으로 들어와 이젠 중단하기보단 줄여야 하는 지혜가 필요하지 싶다.

게다가 시간이 갈수록 아쉬운 게 또 하나 있다. SNS에서 말하는 입은 점점 많아지고, 다른 이의 이야기에 귀 기울여주는 귀나 눈은 갈수록 줄어든다는 사실. 가장 숨기고 싶은 이 땅의 현실을 SNS에서도 만나고 있다. 아쉽다. 그리고 슬프다.

4 _ 어 차 피 인 생 은 아 무 도 모 르 는 거

#. 게임

어차피 인생은 긴 호흡으로 즐기는 게임 아닐까?
때론 지고 때론 이기는···.
어떤 규칙도 방법도 정해진 건 없지만
한 가지는 기억하며 살아가고 싶다.
이길 때도 잘 이기고 질 때도 잘 지는,
결국 어느 쪽이든 인간답게.

#. 고산증

2년 전 티벳을 여행할 때 고산증에 걸렸다. 증세는 멀미나는 듯하고, 어지럽고, 수시로 피곤하고, 입술이 까매지면서 두통과 설사를 동반한다. 내 경우 더 고약하게 왼쪽 눈이 안 보이기 시작했다. 급격히 변화된 기압의 차이로 인해 눈에 실핏줄이 터지면서 한시적으로 왼쪽 시력을 잃었다. 한쪽 눈으로만 세상을 봐야 했고, 속으로는 겁도 났다. 가기 전에 고산증에 대해 숱하게 들었으면서도 난 별게 아닐 거라며 무시했다. 결국 그만큼의 고생을 돌려받았다.

하늘은 너무나 푸르고 고개를 돌리면 아름다운 풍경이 펼쳐졌지만, 고산증 때문에 제대로 즐기기 힘들었다. 새삼 내가 사는 서울이 고맙게 느껴졌다.

익숙해진다는 건 곧 고마움을 잊는 거라는 이야기도 떠올랐다. 익숙한 무수한 것들에 대해 고맙다는 생각은커녕 존재 자체도 잊고 지내온 것이다. 환경뿐 아니다. 사람도 사랑도 주변의 많은 것들에 대해 우리는 잊고 산다.

#. 고향

고향에 왔다.

참 신기하다.

그렇게도 요동치던 내 마음의 파도가 잔잔해진다.

겨울바다의 거센 파도를 보면서 차분해지고,

강추위에 힘차게 날갯짓하는 갈매기에 다시 힘을 얻는다.

말없이 손잡으며 웃어주는 어머니와

손자와 함께 기분 좋게 목욕 가는 아버지,

고향은 언제나처럼 나에게 힘이다.

#. 기린

내가 그리고 있는 기린은
네가 그리고 있는 기린과는
다를 수밖에 없다 엉터리 기린 그림이라고
너는 말하지만 그래 나는 기린 그림을
그린 것이 아니라 기린을 그렸다
너의 기린이 점점 형체를 갖추면서
나무의 잎사귀와 열매를 따먹으며
너의 붓끝에 사로잡히는 동안에도
나의 기린은 점점 자라 화폭을 뚫고
이젤을 넘어뜨리곤 시멘트 바닥에
선명한 발자국을 남기며 걸어간다.

-구광본, '기린'

고등학생 시절 내가 구광본 시인의 '기린'을 처음 읽던 날의 그 느낌은
아직도 선명하다. 살아 움직이는 글은 없다고 생각했던 나를 통째로
흔들었다. 시를 읽으면 읽을수록 내 눈앞에 기린이 나타날 것 같았다.
글은 그저 활자로 이루어지는 게 아니었다. 글을 읽는 그 순간 선명한
세포가 되어 내 몸속을 파고들었다. 그때 들어온 글들은 20년이 훌쩍
지나도 내 몸뚱어리에 자리한다. 굳건하게 그대로 있다. 언제쯤 이런
글을 쓸 수 있을까?

#. 기차 안에서

이 세상에 태어나 마지막을 다할 때까지의
우리네 인생은 기차 여행을 하는 듯하다.
가다 보면 오르막도 나타나고 내리막도 있고,
무작정 달리기만 하는 게 아니라 때론 잠시 서기도 하는 것처럼.
늘 같은 사람과 함께 탈 수도 없다.
이런 사람, 저런 사람 타고 내리기를 반복한다.
그저 잠시 함께 탔을 뿐인데도 웃으며 이야기를 나누기도 하고,
때론 모르는 척 별말 없이 눈인사만 건네기도 한다.
다들 기차에 탔다는 이유만으로 목적지가 같은 것도 아니다.
누군가는 더 멀리 더 오래가야 하고
누군가는 다음 정거장에서 서둘러 내려야 한다.
그렇게 서로의 인연과 목적은 딱 그만큼만 허락된다.
그 기차 안에서
평생의 인연을 만나기도,
스쳐 지나가기도 한다.
기차는 여전히 달린다.
우린 그렇게 또 그 속에서 누군가를 만나고 있다.

#. 김연아

SNS에서 많은 이들의 주목을 받았던 이슈다. 김연아 선수의 경기를 보며 해설하는 표현 방식에 관한 내용이었다.

한국   "저 기술은 가산점을 받게 되어 있어요."

한국   "코너에서 착지 자세가 불안정하면 감점 요인이 됩니다."
서양   "은반 위를 쓰다듬으면서 코너로 날아오릅니다.
        실크가 하늘거리며 잔무늬를 경기장에 흩뿌리네요."
한국   "저런 점프는 고난도 기술이죠. 경쟁에서 유리합니다."
서양   "제가 잘못 봤나요? 저 점프! 투명한 날개로 날아올라요.
        천사입니까? 오늘 그녀는 하늘에서 내려와 이 경기장에서
        길을 잃고 서성이고 있습니다. 감사할 따름이네요."
한국   "경기를 완전히 지배했습니다.
        금메달이네요! 금메달! 금메달!"

어찌 한국 해설자만의 문제일까.
그저 슬프다는 말밖엔.

4_ 어차피 인생은 아무도 모르는 거

#. 꽂히다

어린 날엔 〈미래소년 코난〉에 꽂혔고,
스무 살 땐 여자 친구에게 꽂히고,
어느 때는 바둑에 꽂히고,
또 김광석의 노래에 꽂히고,
나이 들어 더 이상 없을 거라 여길 즈음에…
여행에 꽂혔다.
다른 것들은 멈춤이 있었지만,
이번엔 왠지 멈춤이 없을 듯하다.

#. 나이테

아낌없이 주는 나무,
언제나 그렇게 변함없이 주기만 하는 나무도
속을 열어보면 마음이 아프다.
한 해도 같지 않은 나이테,
어떤 해는 울상을 짓고 있고,
어떤 해는 힘에 겨워 가까스로 그려낸다.
그렇게 주기만 하는 나무의 일생도
우여곡절이 가득하거늘,
받기만을 원하는 사람의 인생이
어찌 평화로울까.
굴곡이 없는 인생,
그건 이미 인생이 아니다.

#. 다르게

"다르게 사는 것도 괜찮아. 언젠가 널 이해해주는 사람들이 있을 거야."

영화 〈남쪽으로 튀어〉에서 주인공이 큰딸에게 했던 말이다.
그 수많은 대사 중에 나에게 가장 큰 울림을 준 대사이기도 하다.
'틀리게'가 아니라 '다르게' 사는 것, 해볼 만한 일이다.

#. 독기

"난 형의 쿨한 모습이 참 좋은데…."

그러게, 끝까지 좀 쿨하게 살아보려고 했건만…
요즘은 가슴도 머리도 뭔가 자꾸 꽉 차는 느낌이 든다.
무엇으로 채워졌나 살짝 비집고 들여다보니 독기가 가득하다.
거의 10여 년 만에 집 나간 강아지가 돌아온 것처럼,
그렇게 다시 나에게 깊숙이 들어왔다.
반갑다. 좋다.
이번엔 스리슬쩍 맘 풀지 말고 단단히 해보자.

#. 돈

1원, 은행원이던 시절,
마감을 위해선 1원 단위까지 모두 맞아야 했다.
10원, 공중전화가 있던 시절,
애인과의 통화에서 10원짜리 동전은 금쪽같았다.
100원, 재수생이던 시절,
주머니에 100원이 없어 몇 정거장을 마냥 걷기도 했다.
1,000원, 책갈피 사이에 비상금 넣어두던 시절,
10년이 지나서야 발견하며 배시시 미소를 짓게 된다.
10,000원, 땅 파도 안 나오는 돈이란 걸 마흔 넘어 알게 되었다.

어떻게 부자가 되는지는 알지 못한다. 그런데 내가 아는 부자들은 한
결같이 말했다. 모으는 것보다 더 중요한 건 지키는 거라고….
어디 돈뿐이랴. 사람도 행복도 사랑도 세상의 많은 것들은 지키는 게
중요했다.

#. 돌

가끔은 마음이 돌처럼 무거운 날이 있다. 가끔은 삶이 돌처럼 무거운 날이 있다. 다가오는 내일을 떡하니 막아선 것 같은 착각에 빠져들기도 한다. 가만히 숨죽이고 하나씩 곱씹어보았다. 도대체 언제 나의 마음에 돌이 들어앉은 걸까? 있는 그대로가 아닌 다르게 보았을 때, 다르게 보는 것들이 오해일 때, 오해가 반복되어 도무지 감당이 되지 않을 때, 결국 이 모든 것들은 말에서 시작되었지.

그 크기도 무게도 알 수 없는 마음, 어떤 날은 새털 같은데, 어떤 날은 큰 돌이 자리한다. 진지하되 무겁지 않은 삶을 살고 싶은데…. 어쩔 수 없이 종종 무거워진다. 6월이 시작되는 날, 돌을 치우는 한 달이었으면.

#. 돌직구

"아, 역시 우리 아빠는 돌직구야!"
"하하, 역시 직구다."

나이를 먹으면 되레 덜 들어야 하는 말 같은데 오히려 점점 더 자주 듣는다. 근사하게 변화구도 좀 던지고, 제구력도 있으면 좋을 텐데⋯. 직구가 많다보니 행여나 컨트롤이 안 되면 몸에 맞는 볼이 나오기도, 상처가 되기도 한다. 뻔히 알면서도 버리지 못한다.
비록 변화구도 못 던지고 제구력도 볼품없지만, 그렇다고 살면서 비겁하게 누군가의 뒤통수를 치진 않았다. 늘 당당하게 승부했고, 지면 깨끗이 인정했다. 내 돌직구가 아렸다면 미안하고 또 미안한 일이지만, 복잡한 세상 살아가며 굳이 말까지 복잡하게 하긴 싫었다.

그냥 좋으면 좋다고 싫으면 싫다고
그렇게 살고 싶었다, 돌직구처럼.

#. 두 번째

멋모르고 하던 첫 번째는 부담이 없었다. 일단 해본다는 마음이 패기가 되고, 잘 안 되도 밑질 게 없다는 본전 생각도 한몫한다. 그런데 두 번째는 다르다. 이것저것 신경 쓰이는 것도 많고 여차하면 첫 번째의 도전도 무의미하게 만들 수 있다.

그래서인지 다양한 분야에서 첫해 잘했던 경우 대부분은 2년 차 징크스를 겪는다. 더 잘해보려는 마음이 되레 많은 것들을 방해하는 셈이다. 더 많은 경험과 노하우가 생겼지만 첫 번째보다 멘탈이 약해진 탓이리라. 두 번째를 넘고 나면 이제 드디어 롱런의 기반이 마련된다. 두 번째는 반드시 극복해야 할 과정일 뿐이다. 첫 번째에선 용기와 패기가 필요했다면 두 번째는 의연함이 필요한 이유다.

4 _ 어 차 피 인 생 은 아 무 도 모 르 는 거

#. 따뜻하게

간혹 원고 청탁을 받을 때면 종종 듣는 말이 있다.
"따뜻하고 밝게 써주세요. 평소 쓰시는 대로."

내 글엔 가시가 있는 거 같은데,
따뜻하기보다 차가운 거 같은데,
어둡지는 않아도 밝은 건 아닌 거 같은데,
내 마음이 밝고 따뜻할 땐 도무지 한 줄도 글로 쓰지 못하겠는데.

늘 속으로만 대답한다.
'제 글은 자꾸만 슬퍼지고 있어요'

#. 딱 한 잔만

딱 한 잔만,
가만히 생각해보니 내가 태어난 이후 가장 많이 한 거짓말….

#. 로망

카페를 시작할 거라고 했을 때, 주변의 친구나 선후배들은 부러워했다. 본인의 로망이라며…. 그렇게 많은 사람들의 로망인 카페 문을 연지 6개월이 되었다. 아침 일찍 나와 청소기를 돌리고, 걸레로 바닥을 닦고, 테이블을 정리하고, 그릇 정리를 하고, 때론 유리창도 닦는다. 여기까진 아무도 못 본다. 나 혼자 문 닫은 채로 한다.

사람들이 오기 시작하면 우아하게 커피를 내리고 가끔은 나를 위한 커피도 한 잔 내린다. 아는 지인이라도 오면 살아가는 이야기를 나눈다. 여기가 보이는 부분이다. 커피 향은 향기롭고, 따스하거나 그럴 듯한 대화를 나누고, 심지어 돈도 번다.

세상의 많은 로망들을 다시 살펴보았다. 아니 세세하게 그 뒤편을 보았다. 진짜 로망은 거의 없다.

마음속에 있을 때만 로망이다.

#. 마중물

어린 날 외할머니 집에 가면 펌프질을 열심히 해야 먹든 씻든 물 사용이 가능했다. 하지만 펌프가 바짝 마른 날이면 아무리 해도 물이 나오지 않았다. 분명 더 열심히 펌프질을 했는데도 말이다. 하지만 마른 펌프에 물 한 바가지 부은 다음 다시 하면 언제 그랬냐는 듯 물이 콸콸 쏟아졌다. 그렇게 나는 '마중물'이란 단어를 알기도 전에 먼저 마중물을 알고 있었다.

세월이 흘러 마중물은 펌프에서만 필요한 게 아님을 알았다. 새로운 일을 시작할 때, 또는 하고는 있지만 정체되고 있을 때, 경우에 따라선 잘되지만 더 잘하고 싶을 때 마중물은 어김없이 필요했다. 가끔은 강의나 학습이 마중물이 되기도 하지만 결국 가장 좋은 마중물은 사람이었다. 딱 한 바가지의 물처럼 누군가 딱 한 번만 손잡아주어도, 한마디 말로도 술술 풀린다는 걸 알게 되었다. 내가 누군가의 마중물이 되기도 하고, 누군가 나의 마중물이 되기도 한다.

마중물,
그 작은 단초가 때론 인생을 바꾼다.

* 마중물: 펌프에서 물이 잘 나오지 않을 때 물을 끌어올리기 위하여 붓는 물.

4. 어차피 인생은 아무도 모르는 거

#. 말

마음이 늙으면 말도 늙는다. 새로운 생각이 줄어들면 중언부언했던
말을 하고 또 하고, 공감과 배려가 퇴화하면 결국 자기 자랑으로 끝
나는 말들을 끊임없이 늘어놓는다. 공자는 "함께 말할 만한 사람과
더불어 말하지 않으면 사람을 잃고, 함께 말할 만하지 않은 사람과
더불어 말하면 말을 잃는다."고 하셨다. 나는 비로소 말을 '잘'한다
는 게 무언지 조금은 알 것 같았다. 내 입에서 나온 말일지라도 듣는
이가 주인일지니, 말은 타인을 이해하고 나를 이해 받는데 쓰일 때에
야 뜻 있다.

−김별아, 《삶은 홀수다》 중에서

마음이 늙지 않으려 애쓰며 산다. 허나 애쓰는 것과 현실은 조금 다르
다는 걸 종종 느낀다. 그래도 멈추지 않으리라. 새로운 생각을 줄이지
않기 위해 늘 책과 함께한다. 그 무엇보다 배려가 퇴화하지 않기 위해
노력한다. 이 또한 쉽지 않지만 멈추진 않으리라. 함께 말할 만한 사람
들이 보일 때면 따스한 햇살을 나 혼자 받기라도 하는 양 따스하고 행
복하다. 말을 잘한다는 것, 결국엔 가만히 숨죽이고 집중해서 경청하
는 것이란 걸 나이 들면서 조금씩 알아간다. 진짜 '말'을 하고 싶은 일
요일 아침이다. 말없이 비가 내린다.

#. 무임승차

프랑스 니스를 오가는 트램도, 홍콩 외곽의 경전철도 모두 티켓 검사를 하지 않고 자율에 맡긴다. 그러다보니 얄팍한 여행자의 마음에 은근슬쩍 무임승차에 대한 유혹이 생겨나곤 한다. 하지만 무임승차를 실행에 옮겼다가는 영락없이 낭패에 처한다. 갑자기 경찰들이 승차하고 모두가 아닌 일부만 티켓 검사를 실시하는데 이때 티켓이 없으면 꼬박 100배의 요금을 내야 한다. 한 번의 승차 요금을 아끼려다 어지간한 호텔비와 맞먹는 비용을 지불해야 하는 것이다. 실제로 이렇게 했다가 걸린 승객을 본 적 있는데 그 어떤 변명도 통하지 않았다.

살다보면 버스나 트램이 아닌 다른 많은 것에서도 무임승차하는 장면들을 목격한다. 본인의 노력보다는 남의 결실에 슬쩍 올라타거나 남이 다해놓은 결과물을 비슷하게 베껴서 사용하는 등, 인간의 끝없는 욕심 탓에 무모해 보이는 많은 것들에서 무임승차를 시도한다. 교통비처럼 운 좋으면 별 탈 없이 넘어갈 때도 있지만 발각되면 100배의 벌금을 넘어 한순간에 인생을 망치기도 한다. 세상에 공짜는 없다. 공짜인 것처럼 보이는 것들만 존재할 뿐이다.

#. 바다냄새

나는 왜 바다가 좋은지 어느 날 궁금해졌다.

바닷가 마을이 고향이라 그런 것이더냐.

잠시도 조용하지 않은 파도가 내 인생을 닮아서이더냐.

망망대해 한복판에 떠 있는 오징어 배가 외로운 너 같아서이더냐.

그러다 혼자 배시시 웃는다.

냄새다.

매번 변치 않는 바다 냄새 때문이다.

변하지 않는 건 아무것도 없는 세상 속에서 점점 변치 않는 것들이 좋

아진다.

냄새라고 변치 않는 건 아닐 텐데 변하지 않았다고 우기면서,

내가 바다가 좋은 이유는 바다 냄새라고 적고 있다.

#. 반비례

다들 어릴 때는 큰 꿈을 꾸며 산다. 대통령은 기본이고 무엇을 하든 세계적인 명성을 얻길 꿈꾼다. 세월이 갈수록 꿈은 작고 왜소해진다. 무엇보다 스스로가 점점 작게 느껴진다. 시골에선 제법 똑똑하단 소리도 간간이 천재 소리도 들었건만 살수록 무림의 고수들은 차고 넘쳤다. 도대체 난 가진 재주라곤 없고 무엇 하나 내세울 것도 없다. 세계적인 명성은 둘째 치더라도 작은 집단에서도 두각을 나타내기 어렵다. 적당히 타협하며 그 속에서 올망졸망 살면 되는 거지 하다가도 이내 슬퍼진다. 왜 어른이 될수록 점점 작아지는 나를 발견하게 되는 걸까?

아니다. 그렇지 않다. 내가 작아지는 게 아니라 세상이 제법 크다는 걸 알게 된 것이다. 나이 들수록 반비례하는 많은 것들은 이상한 게 아니었다. 산등성이에 올라보면 비행기 창밖을 바라보면 알게 된다.

누구나 작다. 나만 그런 게 아니다. 더 힘낼 일이다.

#. 배탈

배탈은 어김없이 갑자기 찾아올 때가 많다. 준비할 시간, 때와 장소도 가리지 않고 급격히 찾아온다. 속이 꼬이고 갈수록 깊어지는 고통은 식은땀을 동반하고 서랍 속 약통을 뒤지게 만든다. 매실차도 뜨겁게 한 잔 마셔보고 냄새가 고약한 약도 먹어보지만 쉽사리 진정되지 않는다. 겨우겨우 잠이 들거나 제법 시간이 지나서야 공격을 멈추는 배탈.

배탈이 날 때마다 할머니 생각이 난다. 매실차는 물론 특별한 약도 없던 어린 시절, 할머니 손은 약손이었다. 천천히 온 마음 담아 배를 어루만져주시면 언제 아팠냐는 듯 이내 멈췄다. 주름살 가득한 까칠한 손, 하지만 내겐 마법의 손이었고 더없이 부드러운 손길이었다.

할머니는 꿈속에서 작별 인사를 하고 돌아가셨다. 벌써 20여 년이 훌쩍 넘었다. 그때나 지금이나 철없는 손자는 내 몸 아플 때에야 할머니를 떠올린다. 몸이든 맘이든 아파 보면 안다. 가장 먼저 누가 떠오르는지 그리고 얼마나 고마웠는지를.

#. 배터리

집밖으로 나가면 항상 조마조마했다. 스마트폰 배터리가 얼마나 버텨
줄까 하고. 여기저기 SNS와 포털을 오가며 스마트폰 구석구석을 헤매
고 다녔다. 그러다 아슬아슬 남은 배터리를 보노라면 큰일이라도 난
것처럼 조마조마했다. 하지만 난 알지 못했다. 진짜 조마조마해야 하는
것이 무엇인지를. 없어지는 배터리가 아니라 버려지는 시간들이어야
했음을.

요즘은 다른 재미로 배터리를 쳐다본다. 외출하고 제법 오랜 시간이 지
나도 배터리는 끄떡없다. 스마트폰 대신 배터리 걱정 없는 책 읽기를
선택했다. 배터리가 거뜬할수록 내 마음도 머리도 눈도 즐거워짐을 알
았다. 스마트폰 배터리는 늘 충분했고, 나는 또 다른 배터리로 충전되
는 요즘이다.

#. 비

1. 20대 초반, 비가 오면 꼭 술을 한잔했고 때론 바다로 향했다. 취기가 오르면 바닷물로 들어가는 무모한 청춘이었다. 그렇게 온몸이 생쥐처럼 젖어드는 게 좋았다. 빗물이 내 얼굴을 타고 흘러내리면 왠지 철학자가 된 망상에 사로잡히기도 했다. 철없던 청춘….

2. 해외여행 중 비를 만나면 외국인들은 좀처럼 우산을 쓰지 않고 자연스럽게 비를 맞더라. 나는 우산이 없기도 했지만 그런 분위기에 우산 쓰는 건 왠지 어색하게 느껴졌다. 서울에선 할 수 없던 짓을 하게하는 것. 여행이 좋고 비가 좋은 이유다.

3. 2014년 6월의 어느 날, 비가 왔다. 가장 먼저 엘지트윈스 야구가 우천 취소되어서 슬펐고, 갑작스레 내린 비를 보며 오늘 카페는 어떨까 생각하는 나를 발견하기도 했다. 하지만 저녁 내내 손님을 맞아 부지런히 일했고, 평소보다 10분 일찍 문을 닫고 아내와 함께 차까지 비를 맞으며 달리는 기분이란…. 열심히 살아낸 날의 비는 그런 건가 보다.

4. 누군가는 비가 온다고 하고, 누군가는 비가 내린다고 한다. 아마도 그리운 이 있으면 비는 오는 것일 테고, 하늘에 누군가 있다고 믿으면 비는 내리는 게 아닐까? 나에겐 늘 비는 내리는 게 아니라 오고 있다.

#. 빗소리

낮에 강의하는 도중에 미친 듯 비가 왔다.
잠시 휴식을 취한 후 강의를 이어가려 하자 한 분이 말했다.

"딱 5분만 빗소리 듣고 해요."

5분간의 빗소리, 참 좋구나. 익숙했던 빗소리도 가만히 들으면 새로웠
다. 하물며 사람은 더하지 않을까? 익숙한 것 같아도 다 아는 것 같아
도 가만히 귀 기울여보면 참 다르다. 더 좋아지는 사람이 있고, 거기까
지인 사람들도 있다. 빗소리는 그렇게 좋은 사람들을 일깨운다. 그거
면 충분했던 하루다.

#. 사표

나이 마흔에 그는 부인과 자식을 걷어 먹이는 데 부족함이 없는 직장을 집어 던졌다. 이 책을 읽으면서 그 이유를 알 것 같았다. 다리 걸고, 잡아당기고, 밟고 오르기에는 그의 가슴속에는 여리고 따뜻한 이야기가 너무 많았다. 〈센과 치히로의 모험〉에서 '강의 신'이 '오물 신'으로 변해 버린 것처럼, 우리는 언제든지 푸른 강에서 오물로 될 수 있는 사회에 살고 있다. 그의 이야기들은 우리에게 일종의 부적이 될 것 같다. 잠깐만 귀 기울이는 것만으로도 말이다.

　　　　　　　　　　　　　-조준묵(PD), MBC 〈북극의 눈물〉

나의 첫 책을 본 후 친구는 이런 내용의 추천사를 남겼다. 나는 수없이 많은 사표를 냈다. 어떨 땐 내가 머물렀던 직장 이름이 헷갈릴 때도 있으니 사표는 나의 또 다른 일상이기도 했던 셈이다. 은행, 증권사, 카드사, 보험사 등을 거쳤고 그 속에서도 직장 이동이 있었으니 얼추 열 번은 넘을 듯하다. 누군가는 철없는 행동이라 하기도 했고, 용기 있는 행동이라고도 했다. 때론 철없었고 때론 잘했다 싶었다.
"다시 그때로 돌아가면 사표를 또 낼 거야?"
간혹 받는 이 질문에 나는 선뜻 답하지 못한다. 하지만 적어도 한 번은 다시 생각해볼 듯하다. 참 더러운 현실이고 답답한 세상이지만 사표가 모든 걸 해결해주지 않는다는 걸 조금씩 알게 되었기에.

#. 상상

잠들기 전 이런저런 상상을 해본다. 더없이 행복한 시간이다.
어려서부터 쭉 해오던 상상이 있는가 하면 최근에 시작된 상상도 있다.

이젠 상상 밖으로 꺼내고 싶다.

　ㅓ_어차피 인생은 아무도 모르는 거

#. 생명

초등학교 5학년 때 한 친구는 글짓기 대회마다 매번 일등을 했다. 아무리 애를 써도 그 애를 따라잡기는 하늘의 별 따기였다. 결국 친구에게 다가가 물어봤다.

"넌 도대체 어떤 글을 쓰는 거니?"

슬며시 내미는 원고지 위에 쓰인 글들. 숨죽여 그 글을 읽어보니 이 친구가 일등인건 너무나 당연했다. 글에 등장하는 모든 사물에는 생명이 가득했다. 해님도 살아 있고, 바람에 누운 풀잎도 수다를 떨고 있었다. 이듬해, 이 친구의 이야기가 잊힐 즈음 버릇처럼 지우개를 깨물고 있는 나에게 국어 선생님은 아주 엄하게 한마디 하셨다.

"지우개가 아프지 않을까?"

그때부터였다. 난 모든 사물에는 생명이 있다고 믿게 되었다.
그리고 여전히 꿈꾼다. 내 글도 살아 숨쉬기를.

#. 섬

여행지를 정하고 일정을 잡노라면 어김없이 섬 여행을 포함시킨다. 나라마다 섬의 느낌이 달라서이기도 하지만 섬은 그 자체만으로도 이미 훌륭한 여행지가 되기 때문이다. 몇 백 명도 안 사는 곳부터 차가 단한 대도 없는 곳까지 제법 많은 섬을 다녔다. 늘 잘했노라 여기는 이유중 하나는 바로 섬사람들이다. 갑작스레 어두워진 탓에 길을 잃고 헤맬 때 친절한 가이드가 되어주기도 했고 섬 구석구석 데리고 다니며 설명을 해주기도 했다. 나라를 불문하고 한결같이 친절한 그들을 보면한편으로 마음 한구석이 짠할 때가 있다. 어쩌면 사람이 그리웠는지도모른다는 혼자만의 생각이 들어서.

그러다 섬에서 육지로 돌아오는 배 안에서 난데없이 쓸쓸해지기도 한다. 내가 지금 섬을 떠나는 건지 아니면 어떤 의미에선 다른 섬으로 향하는지 혼란스럽다. 섬보다 훨씬 많은 사람들과 다양한 문화 시설들이 있음에도 땅 덩어리만 클 뿐 고립된 섬과 다르지 않기 때문이다.

분명 어디든 터벅터벅 걸어가면 맞닿는 곳에 살면서도 사람들은 사방이 바다로 둘러싸인 것처럼 서로 단절하고 살아간다. 외롭다는 말이 언젠가는 살아간다는 의미로 바뀔 것처럼. 섬 여행은 언젠가부터 내가사는 더 큰 섬을 확인하는 여행이 되어버렸다.

#. 세월호

찾아온 시신의 인상착의를 말하면서 신장, 성별 등 기본적인 것 외에 '무슨 색 아디다스 반바지를 입고 있음, 나이키 운동화를 신고 있음' 이 런 식으로 유명 브랜드를 밝히며 설명한다고 한 언론은 전했다. 그리 고 이어지는 소식 속에 등장한 어머니는 말한다.

"시신 건져낼 때마다 게시판에는 인상착의를 아디다스, 나이키, 폴로… 다들 상표로 하더라. 우리 애는 내가 돈이 없어 그런 걸 못 사줬다. 그 래서 우리 애 못 찾을까 봐 걱정되어 나와 있다."

그래서 이 어머니는 팽목항을 떠나지 못한 채 시신을 실은 배를 바라 보고 있다고 전했다. 내가 사는 이 땅, 대한민국의 이야기다. 가슴이 찢어진다.

#. 수확의 법칙

천 년의 휴식을 취한 땅에서 키워야 가장 좋은 질의 감자를 얻을 수 있다는 말이 감자 농부들 사이에서 전해 내려옵니다. 물론 현실성이 없으므로 그 대신 비싼 작물인 감자가 잘 자랄 수 있도록 그만큼 시간과 노력을 기울여 토양을 잘 가꿔 1등급 감자를 수확해야 합니다. 감자 농부들은 서로 깊은 동지애를 느끼죠. 반면에 서로 경쟁 관계에 있음도 압니다. 최고 등급의 감자를 찾아 나선 고객들은 많은 농장을 탐색하죠. 좋은 감자엔 돈을 아끼지 않지만 질 나쁜 감자는 아예 팔리질 않죠. 그러니 토양 준비는 필수적인 작업입니다. 감자를 심기 전에 적어도 몇 년 동안 토양을 위해 심어줘야 하는 작물이 있죠. 바로 '밀'입니다. 수익성은 별로지만 감자 수확을 위한 토양준비론 그만입니다. 우린 매일 준비해 나갑니다. 품질을 향상시켜 잘 팔아야 하니까요. 제가 이제껏 살아오는 동안 얻은 교훈은 자연엔 용서가 없다는 것이죠. 자연의 법칙을 거스르면 가차 없이 혼이 나고 결국은 실패하고 맙니다. 가끔 자연이 만만하게 느껴질 때도 있지만 진짜 그런 줄 알면 바보입니다. 철저한 준비성만이 자연으로부터 농작물을 지킬 수 있습니다.

요령을 피우고 싶을 때도 있지만 그러면 안 된다는 것을 우린 경험했습니다. 인력과 장비 준비에 만전을 기하고 최대한의 노력을 기울여야 합니다. 감자를 심기 위해선 몇 년 동안의 준비가 필요하지만 추수는 1~3주라는 짧은 기간 동안에 작업을 끝내야 실패가 적습니다.

숙성기간을 가능한 한 연장하기 위해 기다리다가 잘못하여 기간을 넘기면 작물을 완전히 망칠 수 있으므로 충분한 준비로 수확을 예비해야 합니다.

오랜 기다림 끝에 이제 수확을 합니다. 제일 중요한 것은 하루에 18시간을 일하더라도 수확을 빨리 끝내야 한다는 것입니다. 감자는 땅속에 있더라도 서리피해에 유난히 민감하기 때문입니다. 이것은 특히 힘들고 중요한 작업이죠. 철저한 준비와 능력으로 대비하지 못하면 3, 4년간의 작업을 몽땅 날릴 수도 있죠. 농장 일에서 제가 어렵게 체험한 사실은 여기엔 결코 속임수가 안 통한다는 것이죠. 관개 방법이나 도구, 기술, 종자의 발달도 성실한 작업태도를 대신할 수는 없습니다. 즉, '추수의 법칙'을 거스르면 발전된 과학에도 불구하고 우린 실패하고 맙니다. 우리는 항상 발달된 기술과 도구를 맘껏 활용하지만 그것이 옳은 판단력과 준비성을 절대로 대신할 수는 없습니다.

－스티븐 코비, 《성공하는 사람들의 7가지 습관》 중에서

삶이 삐걱거릴 때마다 읽고 또 읽는 글 중 하나다. '감자'가 아닌 우리네 인생의 그 어떤 명제를 대신해도 다 적용되는 글이기도 하다. 그리고 무엇보다 중요한 건, 삶이 우리의 성품을 가꿔준다는 사실이다.

. #. 술

강의를 두 시간 하면 술은 네 시간 마셨다.
회의를 세 시간 하면 술은 여섯 시간 마셨다.
뭔가 앞뒤가 바뀐 이 명제들은 술 취한 주정처럼 들리지만,
본질과 뒤바뀐 상황 속에서 더 많은 이야기와 아이디어를 얻었다.
그리고 무엇보다 사람을 얻었다.

내가 술이 좋은 이유다.

#. 스트레스 해소법

사전적으론 어렵게 설명하고 있지만 어쨌든 머리 아프고 속상하고 짜증나는 상태를 우리는 스트레스라고 한다. 보통은 시간이 약이라고 세월이 해결해줄 때가 대부분이지만 그래도 종종 가능한 한 빨리 스트레스에서 벗어나려고 몸부림을 칠 때가 있다. 멋모를 땐 술로 해결해보려 했다. 하지만 별 효과가 없다는 걸 나이 들면서 알게 되었다. 결국 선택한 방법은 위치 이동이었다. 가장 먼저 통장 잔고를 확인했다. 한 달 용돈으로 쓸 최소한의 돈을 남기고 몇 만 원의 위치를 옮겼다. 나만의 꼬리표를 달아 적금 통장을 하나 만들었다. 예를 들면 '브라질 여행을 위하여'처럼 평소 너무나 하고 싶지만 돈이 발목을 잡는 목록으로 통장을 만들었다. 목표 금액이 언제 다 채워질지 별일 없이 만기까지 갈지에 대한 생각은 철저히 뒤로 미루고, 오로지 즐거운 상상과 목표로 통장을 만드는 것이다.

신기하게도 이 행동은 놀라운 효과가 있었다. 일종의 자기 최면이고 기약할 수 없는 미래인데도 말이다. 인터넷 창을 열고 몇 번의 클릭이면 해결되는 심플하면서도 의미 있는 스트레스 해소법. 안 믿긴다면 지금 당장 책을 덮고 실행해보시라. 그 놀라운 만족감에 얼굴 가득 미소가 번질 터이니.

#. 스펙

어느 날은 학력이 스펙이 되고,
어느 날은 재력이 스펙이 되고,
어느 날은 자식이 스펙이 되고,
어느 날은 외모가 스펙이 된다.
그러나 나이든 어르신들에게
유일한 스펙은 단 하나, 바로 건강.
모든 걸 다 경험한 후 결국 건강이 최고임을
인간들은 나이 들어서야 알게 되는 것이다.
건강한 몸뚱이라면 무서울 게 없는 스펙이다.

4 _ 어차피 인생은 아무도 모르는 거

#. 슬픈 영화

한쪽 뺨을 맞으면 다른 쪽 뺨도 내주어라.
이 무슨 잔인한 말인가?
하지만 울고 싶은 날엔 더 울고 싶을 때가 있다.
더 슬픈 영화를 찾게 되고 아픈 책을 찾게 된다.
그렇게 마음껏 울고 싶은 날이 있다.
언젠가부터 나에게 슬픈 영화는 그런 의미였다.

#. 詩

가다가 주춤
머무르고 서서
물끄러미 바래나니

산뜻한 너의 맵시
그도 맘에 들거니와

널 보면 생각하는 이 있어
못 견디어 이런다.

-조운, '야국野菊'

스물한 살 때 친구의 편지 속에 적혀 있던 조운 시인의 시다. 세월이 지나 편지 내용도 잘 기억나지 않지만 이 시만큼은 아직도 선명하다. 길을 가다가 야국을 보기라도 하면 어김없이 떠오른다. 그랬다. 시 한 편에도 두근거렸고 국화를 보면서도 두근거리던 시절이 있었다. 여전히 심장은 뛰고 있는데 두근거리는 일이 줄었다. 인생은 그런 거야, 원래 그런 거지 뭐…. 머리도 가슴도 딱딱해져간다. 그러면서 세상이 변했다고 한숨 쉬는 내 꼴이란.

#. 시선1

거꾸로 보면 보일 때가 있다.
뒤집어 보면 보일 때가 있다.
입장을 바꿔보면 보일 때가 있다.
그런 시선의 변화가 인생을 바꾸기도 한다.
하지만 머리로만 알고 가슴으로 모르는 인생,
늘 때를 놓치고야 생각나는 불편한 진실.
내가 안쓰럽다.

#. 시선2

어느 날 난 부자이기를 꿈꾼다.

어느 날 얇은 지갑을 보며 한숨을 토해낸다.

어느 날 지갑보다 더 얄팍한 내 그릇을 쳐다본다.

그 모든 어느 날들의 생각들 속을 뒤척거린다.

그리고 이내 알아차린다.

키보드를 두드리며 내 생각을 적어가는 것,

내 생각 속에 허영과 참을 구분하는 것,

내가 끝내 행복하다고 믿는 것,

지금 걷는 이 길이란 사실을….

4 _ 어차피 인생은 아무도 모르는 거

#. 신메뉴

카페를 하다 보면 새로운 메뉴 개발에 늘 몰두하게 된다. 해보고 싶은 것도 많고, 다양한 시도도 하고 싶어진다. 그런데 매번 그럴 때마다 딜레마에 빠지고 만다. 손님이 많으면 다양한 걸 시도해보고 아니면 그뿐인데, 손님이 없으면 이걸 시도해야 하나 마나를 두고 한참을 고민하게 된다. 즉 사람이 좀 많아지면 할 것인지, 아니면 새로운 메뉴로 사람을 많게 할 것인지에 대한 고민인 셈이다. 이러니 진짜 하고 싶은 것들 중 아주 일부만 시작하는 게 현실이다.

곰곰 생각해보니 세상과 닮았다. 애인과 싸운 후에 사이가 좋아지면 선물을 줄지, 아니면 선물을 주면서 화해를 시도할지, 새로운 일에 도전할 때도 주변 상황이 좋아지면 시작할지 아니면 일단 시작해서 나의 상황들을 타파할지도 새로운 메뉴를 선보이는 문제와 크게 다르지 않았다.

지금껏 살아온 내 삶은 어땠을까? 성공을 담보할 순 없지만 안 하고 후회하기보단 하는 쪽이 더 많았다. 비록 실패했더라도 실패란 말이 어색할 만큼의 공부가 되었고 도움이 된 건 물론이다. 그래서 늘 세상엔 새로운 것들이 등장하는 모양이다.

#. 신발1

여기저기 찢어지고 낡아간다.
참 많이도 다녔다.
걷는 일이 많은 주인을 만나 투덜거릴 만도 한데
신발은 말없이 내 발을 감싸고 받쳐준다.
안쓰러운 마음에 먼지도 털어내고 때론 씻어도 주지만
그래도 미안한 마음을 감출 수가 없다.
고맙다.
주인이 잘나도 못나도 묵묵히 네 일을 하는,
그러다 어느 날 버려도 불평 없는,
네가 참 고맙다.

신발만큼만 사는 인생이길….

#. 신발2

지금까지 얼마나 걸었을까?
어떤 날은 임시 휴업 상태인가 하면,
어떤 날은 몹시도 분주해지는 발,
그때마다 신발은 나를 감싸주었다.
땀을 흘려도, 심지어 발 냄새가 날지라도.
그 무엇보다 고마운 신발이건만
익숙하다는 이유로 잊고 지낸 건 아닌지….

#. 신호등

가끔 길을 걷다 신호등을 만나노라면 난 한참을 멍하니 그냥 바라볼 때가 있다. 바쁜 길을 재촉하는 사람에겐 더없이 길게만 느껴지고, 다 같이 일렬로 선 모습이 재미있게 다가오기도 한다. 신호를 잘 받으면 하루 운세가 좋을 거 같은 착각에 빠지기도 하고, 매번 신호에 걸리면 오늘은 하루가 불길할 거라는 덧없는 생각도 한다. 어쨌든 대부분의 사람들은 신호를 지키며 산다. 불편한 듯 느껴지지만 지킬수록 우리의 삶도 편해진다는 것을 우린 이미 유치원 때 배웠다. 빨간 불이 들어오면 멈추고, 파란 불이 들어오면 건넌다. 애매한 주황색 불엔 서로 다른 판단을 하기도 하지만 준비하라는 의미란 것도 알고 있다.

차가 별로 없던 시절, 내가 살던 고향엔 신호등이 없고 건널목이 많았다. 아니 건널목조차 무의미해져 아무 길이나 주변을 살피며 건너곤 했다. 어쩌다 차라도 나타나면 차도 사람 조심을, 사람 역시 차 조심을 했다. 그렇게 서로 배려했다. 오히려 차가 많아지면서 배려가 사라졌다. 사람들은 많아졌고, 차도 점점 많아졌다. 갈수록 신호등은 없어선 안 될 존재가 된 것이다.

신호등 없어도 사고가 별로 없던 시절은 이제 없다. 서로 다칠까 배려하던 그 세월은 추억 속에 묻혔다. 안전을 위해 늘어선 신호등이 때론 슬프게 다가온다. 신호등이 늘어날수록 사라지는 배려 탓에.

#. 약

藥,

한자를 가만 들여다보니
즐거움에 새싹이 돋게 해주는 것,
지금 나에게 필요한 약은 뭘까?

#. 양말

먹는 것과 자는 것이 어느 정도 해소되는 사회가 되면서 입는 것에 관심이 많아졌다. 점점 더 패션은 이 세상의 화두가 되어가고 있다. 미국의 유명한 패션 블로거가 우리나라 자동차 광고에 나오는 모습이 더 이상 신기하지 않을 정도다.

세상엔 스타일 있는 사람과 아닌 사람으로 나눠질 날도 머지않아 보인다. 평소 패션에 관심이 있는지라 관련 잡지나 책도 제법 보는 편이다. 물론 SNS도 잊지 않고 본다. 볼 때마다 재미난 사실 하나에 주목한다. 누군가는 명품을 입어도 탐탁지 않고, 누군가는 시장에서 산 옷을 입었을 뿐인데도 아주 멋지게 스타일이 살아난다. 기본적으론 좋은 옷이 패션을 완성하기보단 나에게 잘 어울리는 옷이 패션을 완성해준다는 사실이기도 하지만 그보다 더 주목할 것이 있다.

많이 걸치고, 치장한다고 화려해지진 않는다. 오히려 덜 입을수록 더 빛나기도 한다. 너무나 멋진 로퍼에 까만 양말을 신었다고 상상해보라. 그 양말이 세계적인 명품일지라도 우린 웃음을 터뜨릴지 모른다. 양말을 신지 않고 맨발이라면 로퍼는 더욱 돋보일 것이다.

패션뿐이랴. 세상에 많은 것들이 빼기(−)를 잘할수록 더 빛나지 않던가. 그중 으뜸이 내 꼬깃꼬깃한 돈을 꼭 필요한 누군가에게 주는 기부다. 덜어낼수록 빛나는 삶, 남은 생의 목표다.

#. 양보

버스나 지하철에 탈 때 빈자리를 향한 레이더는 쉴 새 없이 돌아간다. 더구나 조금 먼 거리를 가야 할 때 레이더는 더 촘촘해진다. 운 좋으면 앉아 가고 그게 아니라면 도리 없이 서서 가야 한다. 자리가 난다, 오늘은 운수 좋은 날이다. 앉은 채로 한 정거장도 가기 전에 할머니 한 분이 눈에 들어온다. 얼른 일어나 자리를 양보해드리고 그 후론 레이더 작동을 멈춘다.

참 신기한 일이다. 그냥 자리가 없어 서서 갈 땐 분명 다리도 아프고 힘도 들었건만, 양보 이후에는 갑자기 태권브이처럼 다리가 굳건하다. 할머니께서 고맙다는 인사라도 한마디 건네면 마음까지 든든하다.

그래, 양보는 누군가를 배려하는 게 아니라 나를 돌보는 것임을 깨닫는다. 몸과 마음을 모두 건강하게 해주는….

#. 어차피

이렇게 하든 저렇게 하든.
또는 이렇게 되든지 저렇게 되든지.

살면서 난 '어차피'란 말로 종종 내 갈 길을 선택한다.

어차피, 한번뿐인 인생.
어차피, 내가 선택한 인생.
어차피, 돌이킬 수 없는 세월.
어차피, 쉼 없이 돌아가는 지구.

한편 인생을 무책임하게 사는 것 같지만 뒤집어보면 인생은 책임지고
말고의 문제는 아닌 듯하다. 나에게 '어차피'는 '기왕에 결정했다면'의
의미가 강하다. 주사위는 던져졌고 뒤로 돌아가기보단 일단은 직진이
다. 이젠 직진을 보완할 다른 것을 찾으면 그뿐이다.

어차피, 인생은 아무도 모르는 게 아니던가.

#. 여행

20킬로그램 캐리어에는 몇 벌의 옷과 속옷, 노트북, 카메라, 책 두어 권, 구급상비약, 안경, 썬크림, 슬리퍼 그리고 여권, 티켓, 약간의 돈 정도면 충분하다.
내 집 아닌 머나먼 타국에서 살아간다는 건 그리 많은 게 필요하지 않다. 호텔이든 게스트하우스든 작고 비좁은 방일지라도 문제되지 않는다. 택시를 못 탄다고, 차가 없다고 불평하지도 않는다. 최소한의 것에 대해 그저 감사할 노릇이다.

최소한의 것, 여행이 아니라 우리네 삶도 그러하길.

#. 역전승

역전승은 순탄한 승리보다 더 큰 기쁨과 감동을 선사한다. 더구나 패색이 짙었다가 경기를 뒤집으며 승리하면 온몸이 전율로 휩싸이기도 한다. 이겼다는 의미만으로 좋아하는 건 아니다. 포기하지 않았기에 역전승은 더 빛난다. 성격 급한 관중은 포기하고 경기장을 떠날지라도 끝까지 최선을 다했다는 것에 더 큰 박수를 보내기도 한다.

그리고 역전승이 가장 좋은 이유는 따로 있다. 인생이란 경주에서 한 번도 승리하지 못해봤다고 느끼는 사람에겐 역전승하는 경기는 스포츠를 넘어 또 다른 희망을 보여주기 때문이다. 지금 비록 내 삶이 초라하고 패배 일보 직전일지라도 실낱같은 희망이라도 남았다면 아직 끝나지 않았기 때문이다. 9회 말 투 아웃일지라도, 경기 종료 1분이 남았을지라도 역전승은 늘 있다. 아직은 갈 길이 멀고 늦지 않았다. 역전승을 위해 더 집중할 때다.

#. 오기

어린 날 난 많은 부분에 대해 오기로 가득했다. 아무리 티내지 않으려 애써도 보일 정도로 치열했다. 분명 능력은 부족했지만 애쓰고 또 애 썼다.

세월이 흘러 어쭙잖은 나이를 먹어보니 세상은 오기로 되는 게 아니었 다. 슬며시 내 마음에서도 머리에서도 오기를 버렸다. 주어진 운명대로 사는 거라 생각했고 마음은 평온해졌다.

분명 확실하게 버렸던 그 오기가 다시 돌아왔다. 불혹을 넘은 주제에 오기를 함부로 논하지 말라며 돌아왔다. 오기마저 없으면 도대체 네가 가진 게 뭐냐고 따지듯 물었다. 평온? 평화? 진짜 그러냐며 날카롭게 쏘아봤다.

그래, 맞다. 난 아직 오기가 필요했다. 갑자기 해야 할 일들이 떠오르 고, 갑자기 시간을 수시로 챙기게 되고, 갑자기 몸으로 움직이는 나를 발견했다.

아직은 오기가 필요할 때다.

#. 오렌지 껍질

카페 메뉴 중 하나인 '오렌지비앙코'가 제법 인기다. 오렌지 과육에 얼음과 우유를 넣고 커피도 넣은 후 생 오렌지를 위에 올려주는 음료다. 아침 일찍부터 가락시장에 다녀왔다. 싱싱하고 좋은 오렌지를 사려면 귀찮아도 가야 한다. 씽크대에서 오렌지 껍질을 까는데, 이게 생각보다 어렵다. 옆에서 답답해하며 지켜보던 아내가 요령을 알려준다. 양쪽 끝을 잘라내고 껍질에 적당한 칼집을 내어주니 훨씬 쉽다.

그래, 무언가를 하기 위해선 사전 작업이 필요한 거야. 도움도 필요하고 조언도 필요해. 혼자 할 수 있는 건 의외로 별로 없지.

#. 완행버스

사람들은 왜 완행버스를 그리워하는 걸까?
서둘러야만 잘사는 세상,
더 빨라야만 살아남는 세상,
더 화려한 곳을 향해야만 인정받는 세상,
그런데도 사람들은 완행버스가 그립다.
도회지를 가거나 화려한 곳을 가지 않는다.
느리게 또 느리게 돌아간다.
나지막한 사람들의 애환을 태우고 달린다.
그 자체로 우리네 인생이다.

완행버스, 느리고 보잘것없지만,
언제나처럼 반드시 목적지에 도착한다.
그 변치 않는 사실이 위로가 되나 보다.
세상의 모든 게 빨라지고 있지만,
느리게 갈 때 더 빛나는 존재들도 있다.

#. 음악

버스를 탔을 때, 길을 걸을 때, 책을 읽을 때, 난 볼륨을 크게 하고 이어폰을 귀에 꽂는다.

대부분은 팝이고 종종 가요와 연주곡을 듣기도 한다.

분명 팝송인데 조선시대 역사 소설을 읽을 때 듣던 노래는 소설 속의 풍경을 떠오르게 하고,

분명 가요인데 프랑스 파리의 골목길이 스쳐간다. 아련한 연주곡엔 네가 생각나고, 또 다른 노래엔 다른 누군가 떠오른다.

난 매일 음악과 함께 상상도 듣고 사람도 듣고 책도 듣는다.

음악은, 귀가 아니라 가슴으로 듣는 것이다.

#. 이심전심

"반성하시라고 올린 글에는 반발하시고, 분발하시라고 올린 글에는 분
개하시는 분들도 계시지만 저는 오늘도 줄기차게 올립니다. 어떤 이에
게는 개떡이 되기도 하고 어떤 이에게는 꿀떡이 되기도 하겠지요. 저
자신에게는 가끔 독약이 되기도 합니다."

이외수 선생님이 어느 날 트위터에 올린 글이다.
그래서 글은 어려운 거?

아니다. 사람 마음이 참 어렵다.

#. 일편단심

9승 1무 20패, 승률 0.310 엘지트윈스의 요즘 성적이다. 세 번을 경기하면 한 번을 제대로 이기지 못하니 '가위바위보'보다도 이길 확률이 낮은 셈이다. 작년 정규 리그 2위를 했던 팀이라고 믿기지 않을 정도로 상황이 어렵다.

MBC청룡 시절부터 지금까지 30년이 넘는 세월을 엘지트윈스를 응원했다. 작년을 제외한 지난 10년의 흑역사도 잊지 못한다. 작년에 엘지가 잘할 땐 왠지 내 인생도 덩달아 좋아질 것 같았고, 올해처럼 못하면 같이 마음이 아프기도 하다. 왜 시간 들여 돈 들여 엘지트윈스를 응원하냐고 묻는 이들도 있지만, 엘지를 모르는 너들이 내 마음을 어찌 알리요.

지난 흑역사를 쓰는 동안 엘지와 관련된 이야기 중 단연 으뜸이 있다. 잘하든 못하든 10년 세월 내내 엘지를 응원하는 남자나 여자를 만나면 결혼에 성공한다는 우스갯소리였다. 그러니 성적과 상관없이 응원하고 사랑하는 일편단심이란 말을 하고자 했던 모양이다. 우둔하다 말하는 이도 있겠지만 인생은 그런 게 아니던가.

이병규의 2천 안타 이후 기록 행진을 보는 것도, 걸출한 신인들이 활약하는 것도, 박용택이 넘어지며 공 던지는 모습이 안쓰럽지만 든든해 보이는 것도 모두 애정이다.

꼴찌라도 좋다.

내가 죽는 날까지 난 엘지트윈스 팬이다.

#. 자유

불혹을 넘어서야 자유란 단어를 꺼냈다.
여전히 한마디로 표현하기 어려운
이 단어를 가슴에 품기 시작한 것이다.
하나씩 의미를 부여하기 시작했다.

평균의 함정에 빠지지 않는 것
특별하지 않은 것
뒤편 너머를 끊임없이 바라보는 것
결국 고정관념을 하나둘 부숴내는 것
위험하지만 도전할 가치가 있는 것
아무나 가질 수 없는 것
그래서 더 갖고 싶은 것.

#. 작업실

창문은 꼭 있어야 해.

빛이 들어왔으면 좋겠어.

책상도 꼭 있어야 해,

나뭇결이 살아있으면 좋겠어.

커피도 꼭 있어야 해.

향이 깊었으면 좋겠어.

책장도 꼭 있어야 해.

손 뻗으면 책이 닿으면 좋겠어.

와인도 꼭 있어야 해.

밤이 깊어지면 한잔하면 좋겠어.

십여 년 전부터 혼잣말로 중얼거렸다.

작업실은 나에게 가장 큰 소망이다.

십 년 후엔 이룰 수 있을까?

#. 잔

소주는 소주잔에, 맥주는 맥주잔에, 와인은 와인 잔에, 막걸리는 적당히 찌그러진 양은 잔에 마셔야 제맛이다. 수입 맥주의 경우 각 브랜드마다 잔이 서로 다르기도 한데 이는 디자인만이 아니라 맥주를 가장 맛있게 먹기 위해 만든 것이기도 하다. 와인은 말할 나위도 없다. 같은 술이라도 잔에 따라 그 맛이 달라지는 건 오직 기분만의 문제가 아니다.

대부분의 사람들은 자신을 둘러싼 모든 이들을 같은 모습으로 대하지만, 인기 있는 사람들은 여러 가지 잔을 갖고 대한다. 애인에게, 친구에게, 동료에게… 저마다 다른 잔으로 말이다.

잔이 달라도 술의 본질은 그대로인 것처럼, 이중인격이 아니라 대하는 방식의 문제다. 막걸리를 자꾸 소주잔에 마시겠다고 우기면 우스운 사람이 되고 만다. 애인을 동료 대하듯 하는 순간 사랑은 우스워진다.

#. 장맛비

장맛비에 잠시 외출하노라니 우산을 써도 죄다 젖는다.
나름 피해보겠다고 반바지에 우산도 큰 걸 준비했건만…
쏟아 붓듯 내리는 비에는 속수무책이었다.
때론 아무리 애를 써도 안 되는 것이 있다.
나도 모르는 사이 옷은 이내 말랐다.
아직 뽀송하진 않지만 입을 만했다.
이렇듯 꼭 애쓰지 않아도 되는 것 아닐까?
우리 인생도 말이다.

장맛비 속의 그대여,
비는 곧 그칠 테고
비가 오는 건 그대 탓이 아님을…
그저 비는 피해가면 그뿐임을…
장맛비는 나에게 속삭여주었다.

#. 장미

동네를 한 바퀴 걸어보니 온통 장미꽃이 가득하다. 아마도 어린 날 가장 먼저 이름을 알게 된 꽃도 장미가 아닌가 싶을 정도로 장미는 어느새 참 친숙한 꽃이 되었다. 붉은 빛이며 모양이며 어디 하나 빠지지 않는다. 로즈데이가 생겨날 정도이니 장미를 향한 마음은 다들 크게 다르지 않은 모양이다.

다만, 장미를 쉬이 꺾으려 들면 안 된다. 보여주는 모습과 달리 날카롭고 단단한 가시들이 줄기를 감싸고 있기 때문. 함부로 건들지 말란 무언의 경고인지도 모르겠다. 그래, 있는 그대로 볼 때가 더 예쁜 법이지. 무심코 길을 걷다 다시 돌아와 휴대폰 카메라로 사진을 한 장 담았다. 사람들은 장미와 닮았는지도 모르겠다. 겉으로 웃는다고 웃는 게 아니고, 겉으로 친하다고 친한 게 아닌지도. 언제든 상대로부터 스스로를 막아낼 가시 준비에만 여념이 없는지도 모를 일이다. 5월의 장미는 그 어느 때보다 곱다. 세상도 더 고와지면 좋으련만….

#. 전화

옛날엔 급하게 화장실 가는 것도 참아가며
전화를 기다리던 날이 있었다.
이젠 전화기로 쇼핑도 하고, 게임도 하고
대부분의 생활을 할 수 있음에도,
연락은 오히려 줄어들고,
인연은 얄팍해져간다.
결국 기술의 문제가 아닌
진심의 문제였다.

4 _ 어 차 피   인 생 은   아 무 도   모 르 는   거

#. 젓가락

해외여행 중에 젓가락을 사용하는 내 모습을 보면 외국 친구들은 놀라움을 감추지 못한다. 포크를 사용하는 그들에겐 젓가락은 신세계인 셈. 하지만 친구들 앞에서 젓가락을 사용할 때면 늘 핀잔을 듣는다. 그렇다. 난 젓가락질을 제대로 못한다. 남들은 작은 것도 미끄러운 음식도 잘도 집어내지만 X자 형태로 잘못된 젓가락질을 하는 내겐 여간 어려운 일이 아니다. 힘들 땐 얼른 나무젓가락으로 바꿔야 하는 일도 종종 있다. 살아가는 데 크게 불편하진 않지만 도토리묵을 그냥 바라만 봐야 하는 상황도 생긴다. 맛있는 걸 앞에 두고도 제대로 맛보지 못하는 것이다. 어렸을 때 조금만 주의하고 집중해서 바른 젓가락 사용법을 배우면 되었건만, 젓가락질 못하면 잘산다는 해괴한 이유를 대며 엉터리로 배운 것이다. 게다가 난 노트북 키보드도 외우질 못해 독수리 신세이니 이쯤 되면 구제불능인 게다.

첫 시작, 그 무엇보다 중요하다. 조금 귀찮다고, 조금 어렵다고 쉬운 길을 가면 평생이 불편해지기도 한다. 이 중요한 사실은 결국 엄청 불편해진 후에야 깨닫는다. 지금 뭔가 시작한다면 어려워도 바르게 배워야 하는 이유다. 뭐든 첫 시작은 조금은 불편하고, 조금은 어색하고, 조금은 짜증난다. 그걸 극복하느냐 마느냐가 때론 인생을 결정한다.

#. 지하철

때로는 갈아타면 더 빨리 가는 것,
하지만 빠른 것이 전부가 아님을 알게 해주는 것.

속도와 방향,
인생은 방향이란 걸 알게 해주는 것.

#. 질러

"일단 질러!"

큰일을 앞두거나, 여행을 갈까 말까 고민할 때, 쇼핑할 때 종종 듣게 되는 말이다. 사실 '지르다'는 표현은 도박이나 내기에서 돈이나 물건을 거는 행위를 뜻한다. 그러니 지금 망설이는 가장 큰 이유는 이게 도박 같이 느껴지기 때문일 게다. 일을 벌였다가 안 될까 싶은 두려움, 여행도 쇼핑도 그 이후의 재정적 문제를 고려하지 않을 수 없으니 행하려는 사람에겐 일종의 도박인 것이다.

어차피 선택은 둘 중 하나다. 지르거나 포기하거나. 매번 이런 상황을 앞에 두고 고민하기보단 나는 지르는 쪽을 선택하는 편이다. 무모하고 미련하기 짝이 없지만 포기한 후가 되레 더 괴로울 때가 많았기 때문인지도 모르겠다. 흥미로운 사실은 '질러'는 소 장수들의 은어로 오백 냥을 이르던 말이다. 그 옛날, 지금과는 비록 다른 뜻일지라도 질러보려면 늘 돈이 필요했다. 돈이 웬수다.

하지만 돈은 다시 벌면 그만이지만 경험과 시간은 되돌릴 수 없다.

#. 책임

"내 책임이다. 내가 죽인 것이야! 이 조선에서 일어나는 모든 일이 내 책임이다. 꽃이 지고 홍수가 나고 벼락이 떨어져도 내 책임이다. 그게 임금이다. 모든 책임을 지고 그 어떤 변명도 필요 없는 자리 그게 바로 조선의 임금이라는 자리다."
드라마 〈뿌리깊은 나무〉에서 나온 말. 600년 전 우리에겐 이런 왕이 있었다.

"제가 남을 탓할 수 없는 까닭은 제가… 최종 책임자이기 때문입니다."
2013년 보스턴 테러 당시, 미국인들은 오바마라는 대통령이 있었다.

지금 우리에겐? 그리고 너와 나는?

#. 청바지

아웃렛이나 세일이 아니면 여간해서 옷을 구입하지 않지만 생일이라는 이유로 아내는 큰 맘 먹고 내 청바지를 사주었다. 벌써 몇 년이 훌쩍 지났다. 물건이든 사람이든 오랜 관계를 좋아하는 나에게 청바지도 예외가 아니었다.

처음엔 긴 바지였다. 그렇게 몇 년을 참 바지런히도 입었다. 이번 늦봄에 날이 더워지면서 아내는 내 청바지를 뭉텅뭉텅 잘라냈다. 7부 바지로 변신한 것. 맘에 들었다. 그런데 지난 여행 때 사진에 집중한 나머지 무릎을 수시로 꿇고 펴기를 반복했더니 양쪽 무릎에 모두 큰 구멍이 나버렸다. 워낙 자주, 그리고 오래 입었던지라 청바지는 낡을 대로 낡은 모양이었다. 그래도 버리기는 싫었다.

"안 고쳐 줄 거야?"

살짝 가시 돋친 내 한마디에 그제야 아내가 물었다.

"앞에 다른 청바지 천 덧대도 되려나?"

"응, 내가 원하는 게 그건데?"

그리하여 세 번째 버전의 청바지가 탄생했다. 가만히 청바지를 쳐다보다가 그런 생각이 들었다. 서로 알아서 해줄거라 믿는 것도 좋지만, 각자의 생각이 무엇인지 나누면 의외로 쉽게 결론에 다다른다는 것. 말해야 안다.

#. 청소

아침 일찍 카페 청소를 한다. 테이블을 닦고, 바닥을 쓸고, 걸레질을 하고… 아, 이것도 순서가 필요하구나. 순서가 어긋나면 했던 일을 또 해야 했다. 그깟 순서야 조금 틀려도 잘못되어도 다시 하면 그만이지만 마음 한구석 미안함이 몰려온다. 이게 생각보다 참 힘들구나, 허리도 아프고 팔도 아프고 몸에 땀도 나는구나, 그런데 난 어쩌자고 울 엄마가 그리 힘겹게 평생을 청소할 때도 내 아내가 그러할 때도 함께할 생각은 못한 걸까? 도대체 내가 이런 식으로 잊고 사는 게 얼마나 많을까 생각하니 카페 청소보다 중요한 건 내 마음의 청소였다. 먼지 털고 닦아주면서… 놓치고 사는 게 무엇인지 다시 돌아본다.

#. 초보운전

"먼저 가. 난 이미 틀렸어."

"가까이 오지 마! 나 초보여!"

"무면허와 다름없음"

"운전경력 10시간"

"초보운전, 당황하면 후진함!(후진 전적 2회)"

"오대독자"

"초보라 미안해요. 비행기를 살 걸 그랬네요."

"초보운전, 운전을 잘하는 건 아니지만 포기하지 않을 거야."

초보 운전자들의 위트 넘치는 문구들이다.

첫 운전하던 날의 악몽은 아직도 선명하다. 등줄기에 땀이 흐르고 좁은 길에서 차를 만나면 얼른 차에서 내려 인사부터 했었다. 그래도 세월이 지나니 이젠 초보 딱지는 뗐다.

인생도 누구에게나 초보 운전이리라.

"인생을 잘 살아내는 건 아니지만 포기하진 않으리라."

#. 컬러

모를 때는 세상이 온통 까맣거나 하얗게만 보인다. 흑백논리처럼 무모
한 논리도 없다.
하지만 한 가지씩 알아갈수록 세상은 참 다양한 컬러가 있다는 걸 알
게 된다.

#. 커피

어제부터 카페 앞길에서 공사가 시작되었다. 하루 15미터씩, 일주일은
걸릴 거란다. 교통 통제를 하는 한 분과 이런저런 이야기를 나눠보니
그들의 삶도 힘들고 고달프다. 그래도 유동인구가 거의 없는 우리 카
페 앞길 같은 경우는 양반이란다. 사람 많은 곳이면 지나가는 차며 사
람이며 고성을 지르고 불만을 제기한단다. 엄청난 소음은 물론이고 영
세한 자영업자에겐 적잖은 피해를 주는 것도 사실일 게다. 그렇다고 이
고생을 하는 작업자들이 무슨 죄람? 카페 문 바로 앞에 대형 트럭이
떡 하니 서 있다. 그 자체로도 답답하건만 줄곧 시동을 걸고 있어 시끄
럽기도 하다. 운전 기사님께 부탁을 드렸다.
"저… 멈춰 있는 동안이라도 잠시 시동을 좀 꺼주시면 안 될까요?"
담배를 피워 물고 있던 아저씨는 겸연쩍은 웃음을 보이며 시동을 꺼주
셨다. 나도 괜스레 겸연쩍고 미안해졌다.
어떤 날은 아이스커피를 하루 동안 다섯 잔도 못 파는 주제에 테이크
아웃 컵에 얼음 넣고 커피 내리고… 어른들이니 달콤하게 드시라고 시
럽도 좀 넣어드렸다. 한 잔씩 드리니 다들 얼굴이 환해지신다. 기분이
좋아진다.
"시끄럽게 하고 먼지도 나는데 커피도 주시고… 고맙습니다."
커피는 마음이고 기분인 거야. 내가 아는 커피는 그런 거 같아. 다섯
잔을 내어주고 나는 다섯 뼘이 넘는 행복을 커피대신 마셨다. 그거면
충분했다.

#. 클로징

영화나 드라마, 소설에서 마지막 결말은 그 무엇보다 중요하다. 심지어 뉴스 앵커의 클로징 멘트가 모든 뉴스를 누를 정도로 강력하게 어필하기도 한다. 재미있게 영화를 보다가도 결말이 신통치 않으면 허탈하기도 하고, 흥미진진하던 소설이 그렇고 그런 이야기로 흘러버리기도 한다. 모두가 클로징에 실패하는 경우다.

파격적인 건 아니더라도 결정적인 무언가를 기대하고 있는데 슬며시 꼬리를 내리고 만다. 그 이유를 당사자에게 들어보면 위험에 대한 회피인 경우가 대부분이다. 뭔가를 시도했다가 그게 강력한 한 방이 아닌 엉뚱하거나 생소한 것으로 여겨지면 리스크가 클 거라는 이야기. 그래서 적절한 시점에서 중간을 택하게 되노라고.

우리가 살아가는 세상 속에서도 클로징에 대한 자세는 크게 다르지 않다. 목표를 향해 가다 8부 능선을 넘고 9부 능선에 달하면 오히려 페이스를 줄이거나 안전한 길을 선택하려는 경향이 많다. 그 마음 백 번 이해하면서도 아쉬울 때가 참 많다. 분명 마지막 피치를 가하면, 제대로 된 클로징을 한다면 백이 아닌 그 이상의 결과물이나 감동을 줄 수 있을 거 같은데….

한 번만이라도 있는 힘껏 팔을 뻗었으면…

눈앞에 사랑하는 사람에게도, 인생에서도.

#. 퍼즐

한때 우리 부부는 퍼즐 맞추기에 빠졌었다. 천 개의 조각을 하나씩 맞추는 재미는 제법 쏠쏠했다. 처음엔 많은 시간을 쏟아야 했지만 갈수록 요령이 생겨 나중엔 하루 만에도 척척 완성했다. 몇 단계의 과정을 거쳐야 한다는 사실도 알게 되었다. 첫 번째는 겉표지에 있는 완성된 그림을 한참 쳐다보며 구분해야 할 색깔을 생각하는 것이다. 그렇게 색깔이 결정되면 많게는 열 개 이상의 접시가 필요했다. 각각 색깔 별로 나누었다. 물론 모서리와 테두리를 나누는 건 기본이다. 그렇게 처음엔 좀처럼 엄두가 안 나던 그림도 어느 정도 윤곽을 드러내면 속도가붙었다. 그리고 무엇보다 시작에 앞서 그 대상과 목표를 한참 바라보는 사전 준비가 필요하다는 것도 알게 되었다.

하지만 우리는 어떤가. 정작 어떤 일을 시작하면서 종종 가장 중요한 첫 단계를 빼먹곤 한다. 바라보기, 딱딱한 표현으론 자료 수집 내지는 시장조사인지도 모르겠다. 퍼즐에서도 이 첫 단계를 무시하면 마치 더 빨리 맞출 것 같고 시간 절약을 할 것 같지만 실제론 훨씬 느린 진행과 복잡함만이 기다리고 있다. 모든 일에서 과감한 시작과 결단도 필요하지만 사전 준비 없이는 헤매기 십상인 것이다.

사람도, 일도 가만히 바라보는 게 가장 먼저 할 일이다.

#. 편견

살면서 나도 모르는 사이에 편견이 생겼다.

진심으로 다가가면 상대도 그럴 거라 생각했다. 편견이었다.
오히려 진심으로 다가오는 사람을 보는 능력이 훨씬 중요했다.
세상은 함께 가야만 살 수 있는 거라 생각했다. 편견이었다.
함께 갈 수 있는 사람만 가는 게 더 중요하다는 걸 알게 되었다.
5년째 일을 재계약을 해서 내가 잘난 거라 믿었다. 편견이었다.
같이 일하는 분들이 나를 어여삐 봐주는 거였다.
공과 사는 다른 거라고 굳건히 믿으며 살아왔다. 편견이었다.
공도 사도 다 사람 사는 세상임을 알게 되었다.
누군가에게 도움을 줄 수 있을 거라 믿었다. 편견이었다.
도움을 주고받는 건 인간의 영역이 아니란 생각이 들었다.
사람이든 물건이든 잘 바꾸질 않는다. 편견이었다.
물은 오래도록 고이면 썩는다는 걸 알게 되었다.
스치는 인연은 없는 거라고 생각했다. 편견이었다.
말 그대로 스치는 인연들도 많다는 걸 알게 되었다.

나의 수많은 편견들을 보면서 나는 알게 되었다.
내가 바보인 만큼 나도 바보들을 좋아한다는 사실을…
이것만큼은 편견이 아니었으면 좋겠다.

#. 한 번

아무리 사소한 거라도 첫 시작은 늘 어렵다. 더구나 그 시작에 의미가 부여되거나 가치가 따르는 일이라면 더더욱 그렇다. 하지만 한 번만 경험하고 나면 많은 걱정이나 두려움은 거짓말처럼 사라진다. 딱 한 번은 만만치 않지만 한 번 뒤에 두 번, 세 번은 쉬워진다. 딱 한 번만 해본다는 것, 그건 이미 그 속에 깊이 들어가는 일이다.

#. 행복 찾기

행복 찾기는 결코 거창하지 않다.
커피 한 잔으로 충분할 수도 있으니까.
당신의 영혼을 맑게 하는 것도 결코 어렵지 않다,
우산 없이 빗속을 걷는 걸로 충분하니까.
발상의 전환은 행복 찾기의 시작이다.

4 어차피 인생은 아무도 모르는 거

#. 홍콩

제법 많은 나라와 도시들을 여행하며 살았다. 나에게 좀 특별한 곳을 꼽으라면 프랑스, 캐나다, 이태리, 홍콩 정도다. 그중에서도 서울보다 지리가 더 익숙한 곳이 홍콩이다. 최근 4년간 스무 번 넘게 오갔으니 서울에서 고향을 향하는 횟수와 엇비슷할 정도다.

2007년 크리스마스, 아내와 함께 처음으로 홍콩에 갔었다. 쇼핑의 도시라 불리는 그곳에서 우린 많이도 쇼핑했고 많이도 걸었다. 서울 도심 백화점 순회하듯 그런 여행을 했으니 좋았을 리 없다. 돌아오는 비행기에서 우리 부부는 다짐했다. 다시는 오지 않으리라.

그리고 몇 년 후 난 다시 홍콩으로 향하게 되었다. 가면 갈수록 홍콩은 좋아졌다. 점점 정이 들어서이기도 하겠지만 홍콩에는 트래킹, 맛집, 다양한 스팟들이 존재한다는 걸 알았기 때문이다. 제법 많이 알게 된 후엔 아내와 아들을 데리고 갔다. 아내도 아들도 놀란다. 홍콩이 이렇다니!

지금은 누군가 가까운 곳의 여행을 원하거나 짧은 여행을 물어 오면 서슴없이 홍콩을 추천한다.

사람도 홍콩과 다르지 않다. 처음엔 두 번 다시 보지 말아야지 싶은 사람이 알면 알수록 좋아지는 경우가 있다. 반대로 처음엔 홀리듯 반했다가 시간이 지날수록 싫어지거나 자연스레 멀어지는 사람도 적잖다. 홍콩은 여행도, 사람도 겪어보고 제대로 알 때 말하라고 나에게 알려주었다.

#. 회색

어린 날엔 검든 희든 선명하지 않으면
비겁한 거라 여겼다.
어느 날 회색을 보며 편안하게 느끼는
나를 발견한다.
인생은 회색일까?
아니면 세상이 회색을 강요하는 걸까?

온통 회색이다.

언제고 봄은 또 올 테고

그럼 10년 후 난 어떤 모습일까? 시간 속 나를 들춰 볼 때면 꼭 따라나서는 녀석이 하나 있다.

돈이다. 더럽지만 사실은 무서운 돈. 늘 어딘가에 숨어 나를 비웃는 건 아닐까. 이 세상에 둘도 없는 새빨간 거짓말이 있는데 '얼른 죽어야지'하는 말과 '돈 욕심 없다'는 말일 게다. 그저 어렵게 살아내는 서민들의 바람이 담긴 말이라는 데는 동의하지만 뼛속 깊숙이 그렇지는 않음을 우리는 안다. 10년 후를 걱정하는 이들은 노화하는 몸보다 어쩌면 그 몸을 지탱할 돈이 걱정되는 것일 테고, 행복이란 바로미터에도 늘 돈과 떼어놓을 수 없는 운명에 맞닥뜨리곤 한다. 더럽다 치사하다 아니꼽다 할지라도 돈은 무서운 존재임에는 틀림없다.

그럼에도 인생은 그렇게 간단한 수학 공식은 아닌가 보다. 보통 지나간 추억을 아름답다 말하지만, 많은 돈을 벌었던 과거의 나보다 조금은 지갑이 가벼워진 지금의 내가 10년 전보다는 분명 더 행복하다.

그래, 10년 후에도 웃고 있을 거야. 이 세상에 둘째가라면 서러울 부자, 하지만 나보다 먼저 생을 마감한 스티브 잡스보다 내가 더 행복하다는 데 가진 돈 전부를 건다! 칠순의 울 엄마가 늘 말씀하시는 "10년만 젊었어도…." 나는 30년이나 젊은데 뭐가 문제겠는가.

"그래, 돈이 전부는 아닌 거였어."

#. 1초

투수 손을 떠난 공이 배트에 맞고 다시 투수에게 날아가는 시간,
인간의 주먹이 1톤의 충격량을 만들어내는 시간,
재채기할 때 침이 공기 저항이 없을 때 100미터를 날아가는 시간,
총구를 떠난 총알이 900미터를 날아가 표적을 관통하는 시간,

대지를 적시는 비 420톤,
빗방울을 피하기 위한 달팽이의 달리기 1센티미터,
꿀벌이 살기 위한 날갯짓 200번,
두꺼비의 혀가 지렁이를 낚아채는 시간,
지구가 태양으로부터 받는 에너지 486억 킬로와트,
새로운 생명의 탄생 2.4명,
우주의 시간 150억년을 1년으로 축소할 때
인류가 역사를 만들어간 시간은 1초.

2005년 EBS 〈지식채널e〉의 탄생과 함께 첫 방송된 내용이다.
10년이 지났으니 강산도 변하고 1초는 더 많은 의미를 가지리라.
1초, 1초, 1초,
그렇게 시간은 흘러가고 있다.

선거 전과 후는 늘 달랐다. 화장실에 들어갈 때와 나갈 때도 달랐다.
남자는 스킨십을 하는 순간까지 사랑에 빠지고, 여자는 스킨십 이후
사랑에 빠진다.

그렇게 세상의 많은 것들은 원하든 원하지 않든 Before와 After가 존
재한다. 성형 전후처럼 알아볼 수 없는 경우도 생기니 사람의 전후 행
동이 다르다고 섭섭해하거나 놀라워할 일도 아니다. 다만 나이 들수록
한 가지 사실에 주목하게 된다. 고마운 일이 있기 전과 후다. 고마운
일을 만들어내기 위해 그렇게도 살갑고 친절한 사람이 있고, 고마운
일 이후에 더 살갑고 인간적인 사람도 있다. 우리는 그걸 '인격'이라 부
른다.

#. If

만약에 사랑하지 않았더라면,
만약에 널 만나지 않았더라면,
만약에 다른 일을 했더라면,
수많은 If 앞에서 한 번쯤 고민하게 된다.

세상살이가 힘들면 힘들수록 If는 더 많아지기도 한다. 하지만 한 번도
이런 가정법은 나에게 답을 주지 않았다. 오히려 더 구석으로 몰아넣
었다. 만약은 없다. 후회된다면 지금 바로 움직이는 게 오히려 쉽다.

#. 기회

시간을 되돌릴 수는 없다.
하지만 새롭게 시작할 수는 있다.
신정과 구정,
해마다 두 번의 기회를 갖는다.

두 번째는 제대로 시작하자.

#. 나이

27세, 이승엽이 세계 최연소로 300호 홈런을 달성한 나이. 그는 올해도 30 홈런을 넘겼다.

30세, 박세리가 미국여자프로골프(LPGA) 명예의 전당에 이름이 오른 나이. 환경 탓은 핑계라며 공이 물에 빠졌어도 양말을 벗고 샷을 성공시켰다.

40세, 소설가 박완서가 현상공모에 당선된 나이. 40살에 문단에 등단했지만 주옥같은 소설을 많이 남겼다.

62세, 반기문이 UN 사무총장으로 선출된 나이. 프랑스어 배우기를 마치고 또 다른 언어에 도전한다는 후문이다.

몇 년 전에 보던 잡지에 실린 글 일부다. 이 글을 주변 친구들과 지인들에게 보여주니 두 가지 반응이었다. 하나는 이 나이까지 뭘 했는지 모르겠다고 비관하는 친구들이 있었고, 다른 하나는 아직 늦지 않았다는 낙관론자들이 있었다. 분명 그 두 부류 친구들의 내일은 다를 거란 생각이 들었다.

늦은 시작이 있을 뿐, 그 자체로 늦은 경우는 없다. 혹시 나잇값이란 핑계로 스스로를 감옥에 가두는 건 아닌지. 서른이 넘으면서 청춘이 끝났다는 생각에 슬퍼하기도 했고 마흔이 넘으면서 왠지 모를 두려움도 없었던 건 아니지만, 난 지금의 내가 참 좋다.

５ _ 언 제 고 봄 은 또 올 테 고

#. 당신은?

남녀 직장인 574명을 대상으로 실시한 설문 조사 결과다.

'오늘의 삶이 마지막이라면 죽기 전 무엇을 가장 후회할까?'

1위는 무려 53퍼센트를 얻은 '진정 내가 원하는 것을 하며 살 걸'이었다.

2위 '사랑하는 사람들과 더 많은 시간을 보낼 걸'(38.8%),
3위 '좀 더 도전하며 살 걸'(31.6%),
4위 '내 감정에 충실하며 살 걸'(26.9%),
5위 '일 좀 덜할 걸'(11.0%)

당신은?

#. 똘끼

1. 일명 또라이를 뜻함
2. 남들이 못하는 걸 하는 사람의 끼를 뜻함
3. 정신이 이상한 사람을 대신해서 쓰는 말

재미있는 말이다. 보통은 뭔가 부족하거나 황당한 행동을 하는 사람을 일컫는다. 때론 당황스럽고 때론 웃기고 때론 귀엽기도 하다.

또라이 내지는 정신이 이상한 사람을 거론하자면 세상이 온통 미쳤으니 함께 미쳐가는 거라고 대답한다. 그보다 두 번째 의미를 이야기하고 싶다. '남들이 못하는 걸 하는 사람의 끼'. 남들이 정말 하지 못해서라기보다 할 수 있지만 하지 않는 경우가 아닐까. 아마도 유별나 보인다거나 사회의 일반적 통념에 어긋나는 경우로 보이기 싫어서가 아닐까. 모두 스스로가 아닌 타인의 시선을 의식해서 말이다. 그렇다면 행동하지 않는 게 맞는 걸까? 행동하는 사람은 진짜 정신이 이상한 사람일까?

내 주변엔 똘끼 있는 사람들이 참 많다. 나는 그 똘끼 있는 사람들이 참 좋다. 그들의 자유분방한 행동이 이 사회에 얼마나 건강한 에너지가 되는지, 그리고 그들의 정신세계가 얼마나 밝고 맑은지를 알기에. 무엇보다 똘끼는 때론 무서운 추진력의 밑거름이 되기도 하며, 상상력의 큰 원천이 되기도 한다.

그런데도 우리 사회는 똘끼에 대해 여전히 부정적이다. 그저 중간만 가면 욕먹지 않는다는, 나설 필요도 뛸 필요도 없다고 여기는 탓이겠지. 모두들 시스템을 운운하며 바르게 정렬되기를 원하지만 사실 세상의 새로운 에너지는 늘 작은 똘기에서 시작된다.

나이가 들면 들수록, 어른이 되면 될수록, 똘끼 있다는 말을 듣는 이도 줄어든다. 어쩌면 똘끼는 여전히 마음이 젊다는 것의 다른 표현 아닐까.

"혹시 당신도 똘끼가 있나요?"

#. 봄

봄이다.
벌써부터 봄이라고 사람들은 말했지만
따사로운 오후
난 오늘에야 처음으로 봄바람을 느꼈다.
물러나지 않을 것 같던 겨울도 어디론가 숨어버렸다.
춘삼월 중턱을 넘어섰으니 금방 봄은 깊어질 거고
성질 급한 여름을 만날 날도 머지않았다.

내 인생은 지금 어느 계절일까?
어느 날은 마냥 따스한 봄 같고
어느 날은 엄동설한의 겨울 같기도 하다.

언제고 봄은 또 올 테고
때때로 겨울도 있으리라.

봄,
따스한 봄날에 나를 바라보는 날들이고 싶다.

#. 선물

초등학교 6학년 때 삼촌은 나에게 팝송 테이프를 두 개 사주었다. 페티 페이지Patti Page와 케니 로져스Kenny Rogers의 음악이었다. 그때를 시작으로 난 다양한 음악을 접하게 되었고 음악은 늘 나를 풍요롭게 해주었다.
중학교 1학년 때 담임선생님은 성적표를 건네주며 시집 몇 권을 함께 주셨다. 그날 이후로 난 책이 인생에 있어 얼마나 소중한지를 알게 되었다.

살면서 참 많은 선물을 받았다. 이루 헤아릴 수 없을 만큼.
그런데 내 인생에 가장 큰 선물은 따로 있었다.
꿈, 꿈이었다.

#. 세미콜론

문장을 일단 끊었다가 이어서 설명할 경우
주로 예를 들거나 설명을 추가해 덧붙이는 경우에 쓴다.
마침표와 쉼표가 서로 만나 세미콜론이 된다.
그러니 끝난 것도 아니고 쉬는 것도 아니다.
잠시 멈추고 다시 시작하는 경우인 게다.
인생은 죽기 전까지 어떤 경우도 마침표는 없다.
어떤 경우든 쉼표도 없다.
오직 세미콜론만 있을 뿐.
다만 잠시 멈출 때와 가야 할 때를 구분하는 노력이 필요하다.
인생의 세미콜론은 타이밍이자 힘이다.

#. 세월

무더운 여름날 벤치에 앉아 담배를 피고 있는데 가끔 마주치는 동네
할머니 한 분이 다가오신다. 얼른 담배를 끄고 일어서려 하자 처음으로
말을 건네신다.

"담배는 어디서 사는 거야?"
"할머니, 혹시 담배 하나 드릴까요?"
"에이, 미안한데…."

담배를 건네고 불을 붙여드리니 달콤하게 한 대 피워 무신다.
올해로 아흔다섯이라는 할머니…
이유는 모르겠지만 갑자기 무더위가 싹 가시는 기분이다.

난 아직 반도 안 살았구나!

#. 소년

어른이 된다는 건 참 잔인한 일이다. 세상을 살면서 이럴 땐 이렇게 해
야 하고 저럴 땐 저렇게 해야 한다는 걸 알게 되면서 가슴 깊숙이 숨겨
둔 소년을 더 깊이 밀어 넣어야 한다. 길을 걸으며 큰소리로 노래를 불
러보고도 싶고, 휑하니 떠나고도 싶고, 핏대 세워가며 싸우고도 싶다.
세상을 닮기보단 나답게 살고 싶은데도 어른은 참는 거라고 말한다.
그렇게 세상에 어울려 나이에 맞게 살아야 한다고 말한다. 숨어 있던
소년은 가끔씩 내게 묻는다.

"아저씨, 꼭 그래야 해요?"

그러게, 꼭 이래야만 할까.

5 _ 언제고 봄은 또 올 테고

#. 일요일

뒤돌아보기보다 다음 주를 준비하면 좋은 날,
차가 아닌 자전거를 타거나 걷기 좋은 날,
그렇고 그런 예능보다 잔잔한 영화가 좋은 날,
한 끼 정도는 간단한 동네 외식도 좋은 날,
햇볕 내리쬐는 곳에 이불 널기 좋은 날,
혼자 말고 함께하면 더 좋은 날,
잘 쉬면 최고인 날!

#. 차이

100미터 경주에서 첫 출발은 큰 차이가 없다.
달릴수록 간격은 벌어진다.
순위가 생기고 승자와 패자가 생긴다.
누구나 첫 시작은 차이가 없었다.

#. 타이밍

사람들은 누구나 의지가 있다(없으면 살아있는 시체인 게지).
사람들은 누구나 목적이 있는 삶을 산다(꿈을 꾸며 사는 거지).
그런데 이 의지와 목적이 실천이 되는 순간 꿈도 현실이 된다.

무엇보다 중요한 건 타이밍이다.
미루는 것처럼 멍청한 삶은 없다.
다음은 없다. 지금이다.

#. 타임머신

최고의 국내 드라마를 하나 고르라면 서슴없이 〈나인〉을 꼽는다. 시간여행이라는 장치와 그에 맞는 다양한 에피소드들이 절묘하게 앙상블을 이루었다. 재미와 긴장감이라는 두 마리 토끼를 다 잡은 셈이다. 더구나 다른 드라마와 달리 '내가 다시 과거로 돌아간다면?'이란 생각을 하게 만들었다. 그렇게 〈나인〉 속의 향을 피워 내가 20대로 돌아갈 수 있다면….

난 여행을 떠나리라. 최소한의 짐을 들고 카메라와 노트북은 꼭 챙겨서 여러 나라를 돌아볼 거다. 억지로 하는 영어 공부가 아닌 마음에서 우러난 공부를 그때부터 할 거다. 세상이 얼마나 넓고 할 일이 많은지도 나는 온몸으로 알게 되었을 것이다. 유명한 곳보다는 그 곳의 일상이 묻어나는 시장을 돌아보고 한적한 공원에서 편지도 쓸 거다.

한 놈만 패리라. 막연하게 좋아하는 데 그치지 않고 그 대상이 무엇이든 하나의 소재에 관하여 공부하고 기록하고 남길 것이다. 아마도 그랬으면 지금쯤 난 그 분야에 관한 글이든 무엇이든 남들과는 다른 보물을 지니고 있었겠지.

악기를 배우리라. 바이올린도 좋고 클라리넷도 좋다. 휴대가 가능한 악기를 배울 것이다. 여행길에 거리에서 연주도 해보고, 가끔은 산에 올라 연주도 하고 말이다. 누가 박수를 치고 말고를 떠나 나의 마음을 소리로 표현할 거다.

SNS를 하리라. 블로그든 페이스북이든 아니면 인스타그램이든 하나에

집중하리라. 그곳이 나의 일기장이 되고 나의 기록이 되도록 할 것이다. 다만 인증샷이 아닌 가치를 담기 위해 노력할 거다. 훗날 나를 돌아보는 데 미안함이 없도록.

사람을 만나리라. 사랑에 빠진 애인이어도 좋고, 더없이 푸르른 우정도 좋다. 남녀노소, 특히 나이에 대한 편견을 지울 것이다. 일 년에 한 번은 꼭 볼 거다. 세월의 무게가 더해지도록 노력할 거다.

메모하리라. 작은 이야기부터 큰 세상살이까지 그 무엇이든 수시로 메모할 것이다.

사진을 찍으리라. 그 무엇보다 부모님과 동생, 사랑하는 사람들과 많은 사진을 남길 것이다. 그 순간의 젊음을 기록하고 의미를 담으려고 애쓰면서.

그리고 지금, 다시 20년 후에 이 글이 후회가 되지 않도록 지금이라도 시작하리라. 사실은 20대가 아니어도 할 수 있었음을 꼭 보여주고 말 것이다.